安然與實恩

葉揚

目次

第一章

二〇〇六年

如果電視常常開著不關起來，會造成一些麻煩的問題。

比如說，當兩則新聞連在一起播放時，會出現一種逼人做出選擇的感覺。

一段美妙的音樂流瀉而下，正在舉行莫札特兩百五十週年紀念的音樂會特展，三十五年的人生中，他創作了超過六百部作品，大型的音樂廳、樂團、劇院都擺出盛大演出的氣勢，報導表示，莫札特讓人類看見了永恆的美麗。

而另一頭伊拉克的戰爭還在進行中，年底的倒數第二天，在巴格達北部的一個祕密地點，行刑者均包起頭部，過程全被錄影，被處以絞刑的那個人，拒絕戴上頭套行刑，他的名字叫做薩達姆．海珊。

在神童與壞蛋之間，我們游移。

袁實恩生長在一個無人照顧的家庭。

或許是父母開店，或是跟排序有關，他是家裡的第二個孩子，前面有一個哥哥，後面有一個妹妹，從父母的角度看，就是終於蒐集了兒女雙全，大功告成，而他夾在中間，像是三明治裡的一片小生菜，是多出來備用的那個。

從孩提時代開始，袁實恩就是一個好孩子，書讀得好，日常生活習慣也漸漸培養得不錯，所謂在無人照顧的家庭中長大，並不是戲劇裡面那種父母雙亡、孤苦無依、連阿嬤都在床上中風快要病死的那種。只是童年中沒有獲得大人的注意，造出他的心裡有一個空洞，在長大之後如影隨形。這個空洞讓他不知道充足，沒有人特地為他做過什麼事，像是在假日的下午帶他去買正在流行的玩具，或是生日前準備好全新的衣服穿去學校。他的童年，大約就是這樣累積的。

入社會後的袁實恩，會在飯店的房間裡，把免費提供的茶包跟牙刷都收到行李箱去，那是他進房間後的第一件事。其實袁實恩並不特別喜歡茶葉，喝茶讓他睡不好，可是當袁實恩看見放在那裡，只要沒有別人名字的東西，他就會拿走，趁無人注意時塞到口袋或是箱子裡，據為己有，這個慾望在他的腦中揮之不去。

無風而行的少年，有風時就想要吸乾那個風。

袁實恩並不是個貪心的人，這純粹是潛意識中需要牢牢抓住的某個概念，儘管是個不出風頭的人，但他不想要委屈。就像公司規定，讓員工出差時每日可以報銷餐點費一千五百元，無論當天的胃口好不好，袁實恩會盡力吃到那個價錢。甚至有一次，袁實恩腹瀉了一整天，他依舊在當天晚上十二點前，點了客房的餐食，勉強自己去吃。

缺乏照顧的孩子總有一種自立自強的氣息，儘管通過各式各樣的方式偽裝，同一種族類還是嗅得出那個氣味，因為他們活在相同的法則之下：吃得急，算得清楚，因為匱乏而失去優雅，因為卑弱就更加努力自強。他拿著鏟子在一個洞裡填土，因為他是一個沒有被大人特別照顧的孩子，他要自己照顧自己。

當袁實恩看見鄭安然的時候，他立刻就感覺到同一族類的氣息。

當然那時候，袁實恩還不知道鄭安然的名字。那只是某個假日的下午，接近傍晚時分，袁實恩被公司的女同事拖進一間服飾店。她是凱西，說是女同事並不夠精確，由於住在同個社區的緣故，凱西與袁實恩從小就認識，他們一起上學，一起入社會，雖然袁實恩不那麼想，但大學畢業後，凱西已經將自己的身分晉升到女友的程度。

更衣間的走廊，袁實恩坐在一個圓圓的凳子上等著，接著聽到一陣咚咚咚的聲音，鄭安然就從左邊最後一間更衣室，衣衫不整地跳到了他的面前。她套著一件白色的連身裙，左肩還光溜溜地露在外面，直到袁實恩扶住她快失去平衡的身體。

「不好意思。」她說。

袁實恩從那四個字，發現她是外地人，所以他也用生硬的普通話說了：「沒事。」

那時候他們都不知道很多事，包括彼此的共同點，是在同一年出生，又在同一年從研究所畢業，甄選進了同一家公司。

公司迎新會的晚宴，可能是音響聲量設定錯誤或是其他的不明原因，在震耳欲聾的音樂中，袁實恩看見鄭安然步入會場，當其他的女孩都穿著精緻禮服的時候，她穿了那件簡單的白色連身裙，她頂著一頭短髮，臉上的兩道粗眉，帶著一點點男人的氣味。

「你是香港人嗎？」三十分鐘後，鄭安然問他。

「是。妳是臺灣人？」

「你怎麼知道？」

袁實恩笑了，「臺灣人喜歡說不好意思。」

「喔，是嗎？」鄭安然挑起眉毛，「不然你們香港人覺得不好意思的時候說什麼呢？」

「唔好意思。」

「對不起呢？」

「對唔住。」

一陣閒聊後是一陣沉默。兩人坐在吧檯旁，吸著手上的果汁，橙色的液體在吸管繞了三圈，才送進嘴裡。

「假設你有機會成為吸血鬼，」鄭安然再度開口，「只要被咬一口，就能獲得永生的機會，有超能力，也會變得更有魅力。」

第一次見面，他以為她會問他讀哪一所大學，研究所主修哪一門學科，可是鄭安然手上搖著杯中的柳橙汁，問出一道吸血鬼問題。

「只是，一旦變成吸血鬼，就回不去原來的樣子，如果是這樣，你願意嗎？」

「喔？哞……。」袁實恩總是這樣，越想若無其事裝作精明時，竟然發出乳牛的叫聲。

「哞……。」鄭安然學他發出的聲音，接著笑出聲來，果汁滴到她的白色裙子，袁實恩說，我替妳拿張紙巾，她說，不用了，我去廁所洗一洗。

鄭安然輕盈地跳下高腳椅，走了幾步，她回頭看向他，學著他的香港口音說：「沒事。」

「唔緊要。」袁實恩說。

✢

鄭安然就是願意變成吸血鬼的人，或者說，變成任何其他的、不是她自己的什麼，都可以。

她出生在一個小康家庭，背負著世俗的期待長大，父母讓她上私立學校，期許她成就非凡。那些期待她成功的人，都是不怎麼成功的其他人。鄭安然不喜歡她的名字，她的一生，都在為安然兩字拚搏，從很小的時候，她便理解一個道理——那些小康家庭，通常稱作小窮家庭更為合適，自稱小康家庭的成員，幾乎無一倖免，經常懷抱著窮困心理，容易以為只要有錢，便能解決世上所有的問題。說到底，小康家庭比貧窮的家庭更怕沒錢，因為他們已經有一點錢了，不得不抓得更緊。這也就說明了，鄭安然為何總能夠在細微的事情上，發現父母在乎她的成就與未來，甚至多過於她這個孩子本身。

她並不怨，只是明白這個道理而已。所以鄭安然努力爬著，她憑著薪資數字的大小，選了第一份工作，往上，往上，踩穩這一步，下一步再往上，甚至連夢裡都有那樣的聲音呼叫著。

晚宴後的夜裡，鄭安然把幾件衣服平放在床上，緩緩地檢查細節，接著一件一件放進紙袋裡。那些帶著標籤的衣物，多是白色或米色，其中有一件是白色的連身裙，她穿了一次，準備退回。

經過簡單的局部清洗後，果汁的痕跡已經看不太清楚了，雖然如此，鄭安然還是有點懊惱，她把裙襬拉平放到桌燈下檢查，有些猶豫地看了標籤上的定價，想了一想又把洋裝仔細摺好放回紙袋裡。飛回臺北的班機是隔天清晨，如果要退貨，得趁著店家打烊前，現在就得出門去。有時候她不明白自己為何持續做著這樣的事，每個月她甚至在行事曆定下一個晚上，在期限前把一些買來的衣物退回各自的店裡，明明她有足夠的錢可以買下這些衣物，也有剪刀能斷然地把標籤剪掉。

小康家庭出生的她，感覺自己配不上這些潔白的高級商品。

✢

迎新會的兩週後，一場企業為新進員工舉辦的共同受訓活動，袁實恩第二次見到鄭安然。

他們坐飛機，分別從香港跟臺北抵達雪梨，跟著團體行動，一起去了動物園，抱了無尾熊。

受訓活動安排得緊湊，從上午八點準時開始，公司願景與守則、行銷個案研討、員工性格分析，一路到下午的團體活動時，眾人已經累得臉色土土的。

土土的臉中有一張是鄭安然的臉，她的瀏海已有好幾根浸溼癱軟在前額上，夕陽中她跟在人群後頭，好像想些什麼似地心不在焉，袁實恩也放慢了腳步。

從迎新會到新人受訓中間的十四天，袁實恩去理髮，特意到百貨公司換了一副新眼鏡（跟上一副比較起來只有些微的不同），他沒有注意到自己心理上細微的改變，他認為是企業帶給他的一種嶄新的氣氛，但當鄭安然抱著無尾熊時，他感覺到了。他們是隊伍中的最後兩個，時間有點趕，旁人提議著：「你們一起照一張相就好了吧？」「象徵臺港密切交流嘛。」

大家都笑了。袁實恩站在鄭安然旁邊時，有一股緊張的幸福感覺，好像他們可以藉著這張合照開啟一個共同的、可以期待的美好未來。離開園區時，大家都沒有買動物園裡提供的合影紀念照片，就他趁人不注意時掏錢買了。

晚上大夥兒說要熱鬧，便一起去了一家華人開的卡拉ＯＫ唱歌，鄭安然跟袁實恩打了招呼，便自顧自地走到旁邊接電話，她穿著很相似的另款米白色連身裙，因為天氣冷，外邊又套了一件淺褐色毛衣。

袁實恩被幾個同事灌了酒，迷迷糊糊地，坐在廁所睡著了，同事惡作劇把他衣服脫了，他也渾然不知。

「喂。」

那聲音有點像山洞裡傳出來的。

「喂。喂喂，哞……。」

袁實恩意識模糊地睜開眼，看到另一個廁所隔間冒出一顆頭，那顆頭是鄭安然，她站在隔壁的馬桶上，微微笑著，雙手扶著隔板。

「妳怎麼在這裡？」

「你不覺得冷嗎？」

袁實恩好痛苦，第一次見面，他像牛一樣哞哞叫。第二次見面，他幾乎全身赤裸，只有新眼鏡是體面的。在自己有點暗戀的女生面前，他不想老像隻動物一樣啊。

✢

從澳洲回來後，緊接著是重複而忙碌的工作，回到各自的崗位上，袁實恩與鄭安然，他們偶爾會透過網路聊天。

聊的話題從工作相關的瓶身標籤法規，到動物星球頻道的節目都有。

聊的次數從偶爾，變成每天。

鄭安然：賽馬是什麼？怎麼玩？

袁實恩：就是賭馬啊，每注最少十塊港幣，妳可以投注獨贏，或是連贏，很多玩法。

鄭安然：連贏是什麼？

袁實恩：在某一場，選出兩匹馬是前兩名的就可以。

從聊天室，鄭安然丟了一張香港賽馬會的時程表過來。

鄭安然：我已經在研究了。

袁實恩：妳看表上有太陽跟月亮，就可以知道是白天還是晚間的賽事，香港有兩座馬場，沙田跟跑馬地，我們公司離跑馬地很近。

鄭安然：電影裡劉德華都是打電話下注的，你會嗎？

袁實恩：我不太會。

鄭安然：劉德華什麼都會。

袁實恩：好像是這樣沒錯。

鄭安然：下次我去香港，我們就去賽馬場，兩個都去。

袁實恩：好。

香港的夏日炎炎，吃飯時間，同事多留在公司，訂飯盒進來。凱西舉著筷子對著袁實恩說：「你這陣子變了。」

「有嗎？」袁實恩問：「我哪裡變了？」

凱西瞇著眼睛打量他，接著說：「好像是，變得比以前振作了一點，好像成熟了，知道自己要什麼的那種大人……。」

袁實恩回問：「妳是這種知道自己要什麼的大人嗎？」

凱西倒是一臉自信，她戲謔地說：「我從以前就知道啊，我要跟你結婚嘛，然後生兩個孩子，一男一女，這件事啊，全香港大概只剩你還不知道而已。」

✣

為了一次大中華區的廣告影片拍攝，袁實恩與鄭安然在上海的攝影棚碰面。

那天他們看到一顆流星，鄭安然建議，不如來許個願。

這當然不是真正的、難得一見的那種，大自然會出現的美麗流星。他們坐在廣告拍攝的現場，嚴格說來，是她坐著，他蹲著，布景的燈光還在換角度，每次調整〇．一公分。正在吹頭髮的藝人兩眼呆滯，嘴角下垂，像一個蒼白的腹語娃娃。

一切看起來並不如鏡頭下那麼美，胖胖的導演拿著一臺電腦走過來，他帶著北方的腔調與混亂的鬈髮，說：「背景特效做好了，你們看一下，在夜空中的流星長這樣可以嗎？」

於是袁實恩盤腿坐下來，與原本就坐在地上的鄭安然一起看流星，只需按一下黑色的refresh鍵，分秒不差，流星就會在夜空的東邊出現一次（正確來說是螢幕的右上角）。

鄭安然頻頻按著鍵，流星就一次又一次地出現，她歪著頭說：「反正我們有流星了，不如來許個願？」

袁實恩聞到她身上飄散出來的味道，頓時那個願望變得很容易想。

他以另一個問題回覆她的提問：「妳要許什麼願？」

鄭安然倒是坦白：「既然是假流星的話，就許一個小一點的願好了，我希望，那個男的……。」

她指指角落正在用髮蠟抓線條的男藝人，接著閉上眼睛：「我希望他啊，工作認真一點，可以一次OK，這樣我就……。」

鄭安然睜開眼，用同一隻手指，指指面前的袁實恩，「這樣我就能跟這個可憐的男人一起下班，順便去外帶晚餐，今天想要吃雞腿飯，上海有沒有令人難忘的雞腿飯？」

袁實恩笑了，他學著鄭安然的動作，指指自己，又指指那個藝人，「以這個男人之前跟那個男人合作的經驗，妳這個願望太大了。」他說。

同時他並不介意等，這句話袁實恩沒有說出口，因為說出來的願望，就不容易實現了。

第二章　二〇〇七年

二〇〇七年第一個月的第九天，蘋果公司發布第一代智慧型電話，取名為 iPhone。4GB 與 8GB 容量版本，售價分別為四九九美元與五九九美元，六月正式販售時便立刻面臨缺貨。同年九月份，iPhone 已賣出一百萬支。

第一代 iPhone 相機鏡頭有二百萬畫素，重量一百三十五克，沒有鍵盤，以多點觸控的螢幕為特性，能支援無線上網，發送電子郵件、行動通話、簡訊，以及瀏覽網路，媒體稱這款智慧型電話為「耶穌的手提電話」（Jesus phone）。

根據友人轉述，賈伯斯曾經拿著第一代的 iPhone 表示：「這玩意兒簡直把我們給搞慘了，這是我們做過最難的東西。」

在大企業工作，儘管員工都經過精挑細選，偶爾還是會有奇怪的事情發生。

最近就有一件事，是鄭安然的老闆傑森，與另一個部門的女主管過從甚密，對方的先生發現後，找了黑道闖進公司，將傑森打得頭破血流。

「是真的一群人拿球棒衝進來猛打的。」透過聊天室，鄭安然跟袁實恩描述，「碰碰碰，連公司大門的玻璃上都有血喔。」

「感覺好痛。」

「這已經是老闆第二次介入別人的婚姻了，」小語說，傑森好像對未婚的女性沒有興趣。」

工作時，小語就坐在鄭安然的對面，她比鄭安然早進公司兩年，但頂著一個娃娃臉，陶瓷般的白肌膚，什麼事情都打聽得到。

在工作的空檔，他們有一段沒一段地聊著。

袁實恩：妳說那些衝進來的黑道兄弟打人，是像世界大賽裡，古巴第四棒選手那樣連續揮棒嗎？

鄭安然：很悲慘的，我老闆的頭一直落在好球帶啊……。

在電腦前，袁實恩偏著頭，想著戴著頭盔的裁判比出好球的手勢，露出微笑，他在公司網站中一面尋找傑森的資訊，接著開了另一個視窗，看了幾張棒球選手的揮棒照片，停頓了一下，從座位上站起來又坐下，繼續打字。

袁實恩：如果我說，他們兩個的事，我很久以前就已經發現了，妳會怎麼樣？

鄭安然：什麼叫做你已經發現了？

袁實恩：我是在撿筆的時候發現的。上一次他們來香港開會時，在會議室裡，我坐在對面，原子筆掉到地上，我彎腰去撿，就看到妳老闆傑森的手放在女生腿上啊。我看到以後，原子筆又掉了。

鄭安然：你發現了我老闆這麼大的八卦，卻不跟我說嗎？

袁實恩：妳是傑森的小組員，卻什麼都不知道啊？要是換作伊森杭特，第一分鐘就會發現了。

鄭安然：哪來的伊森杭特……。

袁實恩：職業特攻隊。

鄭安然：什麼？

袁實恩：Mission Impossible.

鄭安然：喔，臺灣叫做不可能的任務。

袁實恩：差這麼多？那伊森杭特還是伊森杭特嗎？

鄭安然：如果要說伊森杭特，我只有身高跟他是一樣的，哈哈哈。

袁實恩：哈哈哈。

✢

回想起來，鄭安然會說二十五歲的那一年，是最美好的一段時光。

她終於有了一份薪水，一個稱得上算是足以讓爸媽向親戚炫耀的公司名稱，當她在家中，看到在世俗眼光下犧牲大半輩子的父母放下焦慮，肩頭逐漸鬆下來的樣子，心裡也很為他們高興。

加上她的主管因婚外情被黑道攻擊後，住院期間，她被指定暫代傑森的位子。

成長的過程中，鄭安然做過很多工作。

第一份工作是速食店的員工，負責點餐。那年她十五歲，謊報了年紀才拿到這份工作，那家速食店離一所高職不遠，大概兩三天就會出現一個並不是要吃炸雞薯條的少年，特地排隊來約她去看電影。後來鄭安然找到另一份工作，是在南陽街當改考卷的補習班助教，她負責托福衝刺班，同一時段有三個班級，每班都有一百多人來，把階梯教室擠得滿滿的。BBCCAAD，DDACBBA，她改考卷的速度很快，直到補習班買了機器，她只要負責把填好答案的紙卡放進一臺白色的盒子裡，分數就會自動跑出來。在那同時，她還當一個國小生的保姆，教了三年，鄭安然很喜歡孩子，白天她從速食店下班，放學去接孩子，帶她去打桌球，上連鎖美語班，做簡單的晚餐，檢查功課，還幫她洗頭洗澡，那個小朋友的第一顆門牙，都是鄭安然用線纏住拔下來的，接著入夜，家長回家了，她再趕公車去補習班改考卷、貼榜單。

那些兼職當然比不上現在的安穩工作，鄭安然卻經常想起那段奔波的日子，有時候想到自己那麼努力，會忍不住懷念起來。

「安然，妳到了好的公司，除了忙賺錢，也該找一個值得依靠的男人啊，嗯？有沒有看到不錯的？」母親問，鄭安然在餐桌前，拿著碗呆了一下，母親嘆了一口氣，「時間寶貴，一心多用啊，妳不是最會這招了嗎？」

把彩虹顏色組成的數字蠟燭吹熄後，袁實恩還是那個老樣子。過度工作是日復一日的常態，能稍微喘口氣的時間，就分給睡覺跟吃飯。

凱西也是，大致上來說，她從小到大都是個開朗的女孩，對於工作也很認真。袁實恩是儲備幹部，大中華區一年選出十到十五個，彼此競爭後，留下其中的百分之三十，凱西則是在後勤支援單位，行政工作繁雜，備料出貨盤點清倉，經常得跟工廠打電話。儘管他們在企業中工作的部門不同，但袁實恩前途比較光明的這個事實，並沒有影響凱西的心情。

相對的，凱西在很多地方，更像一個主管，除了工作以外，袁實恩大多依凱西的指令過日子，比如說，最近她特別重視規律運動和健康飲食。

「要是跟著你過不上好日子，我還需要保持火辣身材來釣金龜婿。」凱西是這樣說的。

凱西提議要開始好好運動，袁實恩沒什麼問題，他規定自己每天睡前都做伏地挺身，早晨再去跑步半小時。但凱西看不過眼他的飲食習慣，每次凱西來到他的小套房，便像一個偵察員，把他的冰箱翻來覆去，翻完冰箱後是衣櫥，視她的體力而定。「吃那些東西不好」、「你的衣服要燙」，這兩句話已經變成她的口頭禪。

凱西說道：「你喝太多飲料，吃那麼多糖，會變笨。」

「我會改的，慢慢一天改一點。」

有一次，凱西把他放在冰箱裡的可可亞丟了。

袁實恩很不愉快。

那是留給她的。

她喜歡喝可可亞。

✢

那一天晚上很熱，鄭安然出差到香港，部門有大老闆來，所以她在晚餐後，陪一群老闆和主管喝酒。

袁實恩留在公司加班，新產品要上市前，出貨程序一團亂，他戴著厚重眼鏡，吞了四顆止痛藥，每個瓶身的背標，價格條碼都對不起來，夜深了，他的電話鈴鈴鈴地大聲響起來。

電話說不到一半，袁實恩便開始奔跑，在大街上，他一面解開襯衫最上方的扣子，一面跑。

到了飯店，鄭安然獨自坐在大廳的沙發，她哭過，看起來疲憊。像是一片捲曲的葉子跌落在泥沼。

袁實恩坐下，看見鄭安然兩手泛紅的指關節。

她的第一句話是：「你不要問。」

但他還是問了：「他對妳做了什麼？」

她沒說話。

袁實恩說：「我們可以報警的。」

她抬起頭：「……然後呢？報完警我明天還去不去公司上班？」

他壓住怒氣，站起來走向櫃檯。

從大廳走向櫃檯需要三秒鐘，袁實恩迅速切換成一張抱歉的笑臉，把自己的名片拿出來，給櫃檯看。

袁實恩禮貌說道：「不好意思啊，我居然忘了房卡，我的行李放在一個同事的房間，他肯定是喝得很醉，叫也叫不醒，現在怎麼辦才好？」

櫃檯人員說必須報出房客的姓名跟生日，他報了，拿了一張新房卡。

鄭安然很訝異：「你怎麼知道大衛的生日？」

他冷冷回覆：「我負責十一月員工慶生的活動。」

他按了電梯，折了折手指。

她抓著他，說：「你做什麼，你不要衝動。」

「我不衝動。」他說，「衝動的是他。」

他們坐了電梯，袁實恩把袖子挽起來，用門卡打開轉角第一間的客房，走了進去。

那個叫做大衛的男人，仰躺在床上，旁邊有打破的檯燈，碎了一半的杯子。

「混蛋。」他用粵語說，踢了對方兩腳，對方沒醒，袁實恩鞋子掉了一隻，他吸了一口氣又握起拳頭打了對方幾下，模樣好笑，沉睡的男人只是暗暗哼了幾聲。

她抱著雙臂，像個賽事的評論員在旁邊說：「大衛肯定喝得很醉，你肯定以前沒打過人。」

剛才哭過的鄭安然，現在彷彿事不關己。

氣不過，袁實恩拿起大衛的手機，脫了男人的衣服，拍了幾張難看照片，接著又用對方的手機，上傳到網路上，配文標註著「Fuuuuuuck me」。

鄭安然笑了。

那疲憊受傷的表情只加了一點點笑容，就有一些美的成分。

「接著，我們要來喝老闆的飲料。」鄭安然好像突然想起什麼，她從迷你吧檯，拿出一堆瓶瓶罐罐，拉著袁實恩，開了門。

「等等，我們走樓梯。」他說。

「你怕嗎？」她問，「怕電梯有監視器？」

袁實恩沒說話。

鄭安然又道：「就算走樓梯也會被監視器發現的。」她搖了搖手上的房卡，笑得神祕，「不然今晚去我房間吧。」

他問：「怎麼去？到處都有監視器。」

她把老闆房間陽臺的門打開，風呼呼地吹進來。

「我就住隔壁的隔壁，我覺得應該爬得過去。」

他不可置信地看著她。

她說：「快點，換作是伊森杭特，現在人已經進去房間開可樂了。」

✢

他們盤著腿，像兩個孩子坐在房間裡扮家家酒。

她把偷來的飲料從衣服裡拿出來，列成一排放好在地毯上，思考了一會兒，打開一瓶可可亞。

袁實恩看著鄭安然，突然說：「妳知道月球不管怎麼轉，都是用同一面朝向地球的嗎？」

「是這樣嗎？」

袁實恩點點頭，接著說：「每次滿月，妳見到月球中央部分，長得都很像對不對？因為我們從這裡抬頭看，是看不到月球的背面的。」

鄭安然露出好奇的眼光：「為什麼呢？」

袁實恩舉起左手與右手，模擬著兩顆星球：「月球繞地球公轉一圈，自己也自轉一圈，加上引力的關係……月球就像是被地球鎖住一樣，只能展現固定的一面。」

「好神祕啊。」

袁實恩說：「說不定月球只是想把比較好看的這一面送給地球。」

「人好像也是這樣對嗎？」鄭安然回。

「什麼？」

鄭安然道：「你只能看到我的這一面，我也只能看到你的這一面。」

袁實恩低下頭，淡淡地說：「就是因為兩者有引力的關係。」

他看著她手腕的傷痕，她感覺到了他的目光，就把袖子往下拉了拉。

鄭安然突然說：「我想要是大衛去調監視器影像，還是會發現闖進房間的是我們。」

「我賭他不敢調。」袁實恩篤定道。

「因為地球鎖定了月球嗎？」鄭安然說。

袁實恩小心地使用字眼：「大衛……他是碰妳嗎？還是，還有別的？」

「只有這個牌子最好喝。每次來香港，我都買來喝。」

鄭安然改變了話題，她舉著那一瓶可可亞，看著前方，強硬地，困住眼眶裡的淚。

鄭安然接著說：「喝這種飲料你要用一口吞的，咕嚕咕嚕不要停，真的，這樣喝超好喝。」

✢

關於飯店，鄭安然的故事有很多。

像是第一次出差，住五星級飯店，她在房裡拍了五十多張照；也像是第一次看見房務人員推了枕頭車過來，她一口氣挑了四個。

袁實恩衝進飯店的時候，很像一隻突然醒來發現自己賽跑落後的兔子，急巴巴的，東張西望，找不到烏龜到哪裡去了。

她坐在飯店的高級設計沙發上，不知道該不該開口叫他，夏天的五星級飯店大廳依舊很冷。他戴著一副黑框的大眼鏡，頭髮散亂，翹了一束起來，像根天線。她很喜歡他穿著皺巴巴的襯衫，戴著眼鏡的樣子，證明著他剛剛正在辛勤工作，或許一邊吃著泡麵，一邊檢查報表，是個很正直的形象。

其實也是她的問題，老闆喝醉了，大部分人也醉了，她沒喝酒，於是自己提議，送大衛回房間。

後來的事拉拉扯扯的，也就不說了。

她逃了出來，在街上，沿著飯店的圍牆四周走，想著孩提時代的事情。

對她來說，童年是很長的一段篇幅。

在外商公司工作，沒有人會去提童年的事情，大家的成長過程都是同一個模板，小康家庭，父母相愛，學業進步。所以她也不去著墨自己的過去，儘管還是從細節中，能看出一些端倪——身為家中的第一個孩子，她總覺得要為所有人負責，漸漸地，她遇事不太反抗，她總是選擇承受，那些都是童年教會她的，她很會逃，知道怎麼半推半就，笑嘻嘻地溜走，留給大人面子。你要犧牲一點，才能換得一些，後退兩步，前進一步，抓好節奏，可怕的事情就不會變得太糟，那是一種常練習就能上手的技能，她很擅長。

一個小時後，鄭安然走回飯店，她不知道自己為什麼決定要打電話給他。並不只是害怕，她有一種慾望，想要見到袁實恩，如果要被一個人同情，她想要被他可憐。

有時候妳需要這樣的人，妳需要有一個單純在過著自己人生的男人。

跟大部分男人一樣，袁實恩的第一個情緒是憤怒。他想了個辦法跟櫃檯要房卡，進了大衛的房間，發洩似地踢了對方幾下，對方像隻擱淺的鯨魚，肥肥的，沒有反應。她沒有想到他會拿起大衛的手機拍照，又傳到網路上。她以為他一向是謹慎守己的人，原來他也會做出不顧後果的事情。

她邀請他進房，他也就那樣跟著進來了。

「我去換件衣服。」她說。

她刻意把浴室的門開著，便脫了上衣，只剩胸罩，而他像個雕像一般坐在單人椅上，愣愣地想著事情，動也不動。

接著她走出浴室，跟他坐在飯店的地板上喝著迷你吧檯偷來的飲料。

她說：「我覺得，我們會被發現。」

他倒是一副瀟灑的神態，又開了一瓶飲料。

喝了好大一口，他回：「算了，反正那個新品上市的活動我也做得很差，再跟老闆吵一架，剛好可以換工作吧。」

「你的履歷表上可以寫，挺身而出踢主管。」

袁實恩抓抓頭說：「而且身手矯健，能文能武能爬陽臺。」

飲料喝了幾瓶，他說他該回去了。她衣衫不整地好一陣子，他無動於衷，看來也只能放他走。

他們之間，到底誰是烏龜，誰是兔子？或許兔子不是烏龜想的那樣。

她站在陽臺上獨自看著他離開飯店，小小的一個點，穿著白色的襯衫，後面跟著黑黑的一團影子。

鄭安然又獨自爬過陽臺，回到大衛的房間。

在黑暗中，她聽見鼾聲，她悄悄地把檯燈扶好，拿起丟在一旁的手機，把剛剛上傳的照片刪了。

不舒服的感覺刷得淡淡的，鄭安然甚至有點想笑，她坐在飯店陽臺的躺椅上，看著天空漸漸亮起來。

其實電話裡，她聽見他說，我馬上過來。那句話就夠了。

✢

袁實恩站在冰箱前面許久，他用低沉的語氣問凱西，為什麼不問過他，就把那些可可亞丟掉的事情。

凱西一臉冤枉，她說：「那幾瓶過期了吧？」

袁實恩回：「沒過期，我之前才買的。」

凱西接著說：「唉呦，可可亞不健康啊，說真的你也沒喜歡喝過，你買那麼一堆是怎麼了？」

「我不喝，別人也可以喝。」

「是誰想喝？」

袁實恩不說話。

凱西又問了一次：「你是怎麼了？」

袁實恩淡淡回道：「沒什麼。」

袁實恩坐在電腦前工作，不再說話，聊天室有新訊息通知，凱西抓了滑鼠要點開看，被袁實恩搶了回來。一陣不算很短的沉默。

凱西突然理解了什麼，她安靜了一陣子，去後陽臺替袁實恩晒了幾件衣服，接著出門去便利商店，買了一袋可可亞回來。

臨走前凱西對袁實恩說：「那麼，我們分手吧。」

嚴格說起來，袁實恩經歷的並不是分手，他感覺不到後悔或痛苦，只是有種遺憾。

當凱西離開時，回頭看了他一眼，才把門帶上，那種失落卻無話可說的樣子，令袁實恩覺得很難受，他們從小一起長大，他不討厭凱西，甚至是某種程度地喜歡跟她在一起，他只是不愛她，對於凱西的個性、細節，或是兩人即將面臨的未來，無法湧現自發的興趣，從一開始就是這樣，袁實恩對此感到很自責。

✢

入冬時分，大中華區的年度大會，今年在上海舉辦。

拿著酒杯的阿虎跟袁實恩在宴會中認識，他們在不同市場中負責同一個品牌，此時阿虎正笑嘻嘻地看著一個方向，笑中有深意。

「看什麼呢？」袁實恩問。

阿虎回道：「看那裡的兩個女的，賞心悅目。」

阿虎指的其中一位是他不關心的女孩，另一個是鄭安然。

阿虎又說了：「那裡啊，西南方，有很多荷爾蒙，跟燒水啵啵啵滾了在冒煙一樣，你感覺到沒有？大家都說臺灣女孩子嗲，笑起來甜，果然眼見為憑啊。」

袁實恩指指鄭安然，他裝作漫不經心地探問：「我聽說左邊那個女的，跟旁邊的老闆有一些傳聞？」

「你說短頭髮的那個？叫做張安然還是莊安然的樣子？我記得Email裡，她的姓是Ch開頭的……。」

袁實恩作勢想了一想：「她好像姓鄭吧？」

阿虎接著說：「不過啊，那老闆就算口水流滿地，也碰不了那個安然一根手指……哎，我聽說啊，安然不是他這種角色能搞定的。」

袁實恩安心下來，覺得天都晴了。

阿虎繼續說：「你知道為什麼嗎？」

阿虎指了指對角的另一個外國經理人，大中華區的業務總經理，三個月前剛剛上任。

「因為安然是他的。」阿虎露出消息靈通的表情。

袁實恩急了，他問：「什麼叫做安然是他的……。」

阿虎沒有直接回答問題，反而看著袁實恩，寓意深長地表示：「像我們這種儲備的菜鳥幹部，做人必須早睡早起，腳踏實地。」阿虎拍拍袁實恩的肩膀，笑得很愉快，「袁實恩，我建議你還是早點醒一醒吧……。」

阿虎說完又捏了袁實恩的臉頰：「您的健康人生，是我的第一要務，阿虎關心您。」

✢

高潮的感覺是一波接著一波的，直到六、七次以後，那個從大腿根部的痠軟才慢慢緩下來。

是夢。

鄭安然醒過來。中式飯店房間裡有一幅畫，裡面有一個藍色皮膚的裸女望著她。

深夜了，小語還沒有回來。在機場時小語就發下豪語，如果在這種年度業務大會裡，晚上還回到原來的房間睡覺，就是失敗者。

鄭安然的眼皮很重，回想那個夢，有晃動的乳房，害羞的呻吟，很矯情。

她聽到浴室有水聲，那是誰？是小語嗎？還是她仍然困在夢裡頭？

不重要，反正是夢。

她翻了一個身，再度閉上眼睛。

如果回想起來，她會說二十五歲的那一年，是最美好的時光。

在那一年，她有了第一筆積蓄，還有個香港男生，為她受的委屈，出手打了人。

她不要計較夢的事情。

第三章　二〇〇八年

根據國際消息記載，聯合國決議將二〇〇八年，定義為國際馬鈴薯年（International Year of the Potato），這個主題是在食物與農業組織會議中，由祕魯所提議——他們認為，馬鈴薯能解決世界貧窮問題，能以更少的耕地，更迅速生產出營養的農作物，並且聲稱，相較於其他重要農作物，馬鈴薯能抵抗更嚴峻的氣候，開發中國家應該重視馬鈴薯種植的重要性，幫助人類免於糧食危機。

同一年，全球發生了金融海嘯。全球一體化的系統，創造出緊緊相依的脆弱經濟體，無法受控的美國次級房貸風暴，信用衍生性商品疊床架屋，引爆了世界的經濟大衰退，儘管多國中央銀行想方設法，多次向金融市場注入巨額資金，也無法阻止這場金融危機的烈火，熊熊蔓延。

電視上的學者說道：「當我看著這場危機，就如同一個人坐在一桶炸藥之上，一個最小的打嗝也必須去避免。」

或許加強栽種馬鈴薯能讓人類免於餓肚子，但人類總會想出其他方法，讓自己感到痛苦。

是一場颱風，把他們吹得更近的。

香港掛上八號風球前，搭乘七三七機型的航班，鄭安然降落在赤鱲角機場。行李掉了，她笑說，連一雙乾淨的襪子都沒有，等等出海關的第一件事，要去買衣服。

袁實恩在機場快線的香港站等鄭安然，他原本打算去機場接她，但她說機場快線到市區的票已經買好，不用麻煩。他陪她去附近的商場，她挑了幾件襯衫跟褲子，隨手拿起三件組的內褲時，鄭安然有點不好意思。

排隊結帳時，她提起了公司最近正在甄選的、在香港的工作機會。

「那個位子不好吧。」袁實恩說。他不知道自己為何如此脫口而出，或許是幾次的共事，那位子的上司為人不大公正，加上他曾聽說過那個男人跟經銷商有不正常的金錢往來關係，他下意識想保護鄭安然，畢竟一個連粵語都不會說的臺灣女生，在香港跟狡猾的商家打交道，加上高深莫測的老闆，會有些為難。

既然袁實恩這樣說了，關於這個話題，鄭安然就不再多說什麼。她打開皮包才想起自己連港幣都沒換，眼睛直直地看著好幾張新臺幣疊在一起，一時愣住了，袁實恩立刻拿出皮夾要付錢，但鄭安然回過神說：「不麻煩你，我有信用卡。」

購物行程結束，他們安靜地走出商場，袁實恩提議，不如我們去吃魚蛋吧。他一本正經地接著說：「剛剛想買內褲給妳沒成功，改買魚蛋好了。」

✢

在小吃店裡，袁實恩的小妹打電話來，說母親跌了一跤，鄭安然雖聽不清楚，卻看出袁實恩的表情有點凝重，用極快的速度，她吞了幾顆包肉的魚丸，接著便拿起包包說：「我們趕緊走吧。」

袁實恩的母親是第一次看到兒子帶著女孩回家，發紅腫脹的腳立刻好了許多，她聽說從臺灣來的鄭安然掉了行李，歪歪扭扭地走進房裡忙了一陣，拿了幾件衣服出來，說要給鄭安然套上。

好過時啊。袁實恩覺得尷尬，鄭安然倒是無所謂，她走進房間，穿上當年母親的衣物。母親用粵語說：「她的身材跟我當年一樣苗條，不像你妹妹，都塞不進這些好料子。」袁實恩不知要說什麼，母親又換成彆扭的普通話對鄭安然說：「你的臉比我更小更漂亮。」

穿著旗袍的鄭安然有點不自在，袁實恩的母親又一頭熱地拐著腳回房找衣服去了。

「不好意思啊。」袁實恩說。

「你看，你學會說不好意思了。」

鄭安然踮著腳走到電視前，又繞了一圈走回袁實恩面前，她對著他笑。

「怎麼？沒看過香港小姐嗎？」她說。

袁實恩趕緊站起來，雙手捧著一個隱形的后冠，為她戴上。

✣

袁實恩讓鄭安然想起一個人。

還是小學生的時候，鄭安然有個要好的女同學，叫做陳佩君。她們同班了四年，在學校一起讀書，回家時，陳佩君會去鄭安然家寫功課。陳佩君的樣子乖巧，留著一頭齊耳的學生頭，話不多，令鄭安然的父母很放心，經常就留著她們兩個女孩在家裡，度過一整個下午。

鄭安然喜歡陳佩君，是因為她總是聽鄭安然的，鄭安然說要玩這個遊戲，她就跟著玩，鄭安然感覺累了，她就陪她躺在地板上，打開收音機聽廣播，陳佩君很少說不，從不特別要求什麼，這令鄭安然感到放鬆，鄭安然需要支配他人。

有一次，陳佩君帶著小一歲的妹妹，一起來了鄭安然的家。一開始，三個女孩拿著洋娃娃玩得很開心，但佩君的妹妹個性比較強勢，提議要拿彩色筆替娃娃畫眼影，鄭安然不高興，把娃娃搶了過來放進衣櫥中，佩君妹妹失控動手打了鄭安然，鄭安然一氣之下，就把佩君妹妹書包裡的作業本，拿出來撕破。

一陣爭吵中，陳佩君拉著妹妹說要回家了，鄭安然說好，卻在陳佩君走出門的那一刻，一把抓住佩君妹妹，把門關上，將姊妹倆隔在門外與門內，當事情不如她意時，她知道怎麼欺負人。門外的陳佩君嚇得哭了，求鄭安然放她妹妹出來，妹妹也在門裡哭，鄭安然拖了三十分鐘，才把門打開。

事隔多年，鄭安然每每想起這件事，經常覺得後悔，她老是這樣，想要測試對方的底線，看清楚那條線的位置後，才能敞開信任的門。那件事之後，鄭安然對陳佩君比以往更加好，再也沒有傷害過她，而陳佩君還是與她當朋友，變得比以往更順從了，只是不再帶著妹妹一起出現。她眼神總是巴巴地看著鄭安然，對她言聽計從，她們的友誼，一直持續到上高中之前，都非常深厚。

說不上來原因，鄭安然看著袁實恩，就好像看到陳佩君，因此她得不時提醒自己，不要因為他對自己好，就去考驗這個人。

✣

電視上的氣象播報員說，颱風減低了速度與強度，在海上原地打轉，動向不明。袁實恩將母親的腳貼上三個藥布，鄭安然又試穿了幾件經典服飾後，他們離開了公寓。

半路上，兩人在社區內碰上了凱西。

凱西手上拿著購物袋，裝著滿滿的雜貨用品。「聽說颱風改向啦？」她看向袁實恩，擦了擦額頭的汗，露出無奈的表情，「唉，怎麼跟男人變心一樣快？我防颱的東西都買好了。」

袁實恩抿著嘴，想了一想問：「要幫妳提回去嗎？」

凱西搖了手，便說：「不用麻煩，你們要去哪呢？」

鄭安然帶著無害的笑容回覆：「既然風雨不大，打算隨便走走，欸，妳要不要一起來？」

袁實恩也說：「我租了車，一起逛逛吧？」

凱西再度搖了一次手，她發現自己站在鄭安然面前，穿著條紋上衣與鬆垮運動褲，彷彿以卵擊石，一切毫無勝算，不上妝的時候，她甚至連眉毛都沒有。凱西用不流利的普通話說了：「唉，我跟香港之間已經太熟了啊，香港每天穿的內褲什麼顏色我都知道，你們兩個開心點去玩吧。」接著又對著袁實恩改成粵語：「好好待客，我走了。」

袁實恩逗她，也用粵語問：「那香港的內褲有天天洗嗎？」

凱西翻了白眼。

等到袁實恩跟鄭安然走遠了，凱西的背才頓時駝下。她放下購物袋，一個南瓜濃湯的罐頭滾了出來，後面跟著一包五顆裝的，蒼白的馬鈴薯。凱西若有所思地盯著前方的紅色雕花鐵門，上半部全鏽了。其實，她並不在意他們今晚要去哪裡，她在意更多的是，不過三十秒前，他們兩人是穿過那扇紅門，從袁實恩的老家走出來。

小時候為了叫貪睡的袁實恩起床，那扇紅門她不知道拍打過多少回。

✢

在海邊的大道上散步時，袁實恩提起自己被告的事。

「你被告了？」

「是啊，狀書上是寫了我的名字。」

整件事的起因，是袁實恩負責的品牌，某次提供的贈品設計不良，有一臺小型吹風機，在數千臺之中於一個消費者的手中爆炸，火光燒掉了一間浴室，民眾憤而提告。

「誰想得到做個行銷工作也會被告上法庭？」袁實恩說。

「誰想得到小小的吹風機居然可以燒掉一間房？」鄭安然說，她歪著頭問：「那你現在怎麼辦？」

「公司有相關的律師在幫忙處理，不過為了表示誠意，我必須在每次和解會議中都列席。」袁實恩露出很抱歉的苦瓜臉，「每次跟對方開會，我就要保持這個表情兩小時。」

她笑他，「就是你這個縱火犯，沒良心！燒我全家！」鄭安然模仿著正在吹頭髮的消費者，突然間碰碰碰地發出爆炸聲，「救命啊，救命……我只是想要吹乾頭髮去睡覺。啊，啊，我的頭髮！啊，我的家！」

在海風吹拂下，袁實恩皺著眉頭看著鄭安然誇張的演出，鄭安然像隻猴子跳來跳去，令他很想笑，可是仔細想想，真的是很淒慘的事，那笑意傳到嘴角時，想起後天他又要列席了，心情上突然失去了笑的動力。

✢

每週，負責行銷工作的袁實恩，就得與業務阿丹去巡店。

阿丹負責香港藥妝店的店家，萬寧與屈臣氏。與其他通路，像是超市或是大賣場不同，藥妝店講求的是「行銷想法」，阿丹說，一個東西能不能賣出去，他們更重視直覺，你算了半天優惠方案跟價格，都很難打動他們，他們全都要最創新的企劃。

阿丹指著幾個前排的櫃位，「這就是我們天天都在打的仗，這裡，這裡，還有那裡，你可愛靈巧的洗髮精小瓶子，沒放到這些位子，每個月就是落後業績目標百分之二十，找十個孟姜女來哭死都沒有用。」

袁實恩點點頭，那些櫃位塞滿了五顏六色的產品，上面還貼著金色銀色的貼紙，在燈光下閃閃發亮。

阿丹繼續說著話：「我不知道為什麼，這件事我要對著行銷部的同事，說了一遍又一遍，我告訴你，每個人都只有一個頭，懂嗎？一顆腦袋瓜黏著一坨毛毛的頭髮，香港七百萬人就是只能有七百萬顆頭，一個頭最多每天洗一次頭髮，一次5ml，洗了別人家的洗髮精，就沒有你的事，行銷部永遠搞不清楚，以為洗髮精可以洗了又洗，好像這七百萬顆頭，除了把自己弄乾淨，沒有別的事情可以做……」

一個帥氣的男人穿著西裝，提著箱子經過他們走了過去，阿丹頓時臉色變了，「欸，就是他，我們的最大敵人，他連臭得跟死老鼠一樣的中藥系列髮品都能賣，說什麼人參可以止頭皮癢，首烏可以治分岔……什麼人參？就是一個長得夠帥的畜牲，爬到採購的床上去，結果採購睡醒連數學都不會算了，以為香港的狗也要洗人參口味的洗髮精……。」

袁實恩瞇著眼睛看著對方，帥哥業務跟店家人員有說有笑地聊著天，他拿出了幾張海報，店家人員就雙手接過。

「唉，我是沒指望了。」阿丹用食指指著袁實恩，他問：「但看你還算秀色可餐，什麼時候可以像他一樣，讓狗啊貓啊倉鼠啊，也加入洗髮市場？」

✣

說到狗，袁實恩正過著如流浪狗一般困頓的日子。

倒不是因為自己完全沒錢，錢他是有的，甚至是有生以來最多儲蓄的時候，但袁實恩想要試試看過這樣的生活，他想知道自己的最低限度在哪裡，因此設計了一套測試辦法。

這段時間，袁實恩設定好一週花費的目標，把錢放在門邊的小櫃子上，通常到那週的最後一天，幾乎都只剩下幾個銅板，他還會用手指去挖沙發的縫，或是走路時低頭看著路邊的角落，看看能不能湊出一碗方便麵。

袁實恩在兩個月裡瘦了十一公斤，他本來就不胖，後來鏡子裡映出的自己，臉頰都凹了，嘴唇也乾裂，他才決定結束這個測試。不是為了省錢，也不是為了減肥，只是想確認自己就算一無所有也能活。他勉強自己去達到目標的時候會感到驕傲，這是他個性中的一部分，無論那個目標是不是很無聊。

當阿丹說起藥妝店的困境時，袁實恩也設定了一個目標——要在兩季內翻轉市占率。

袁實恩聽說採購大老闆的兒子，是某個孫姓男藝人，便把這件事情放在心上。

某次大中華區的電話會議上，袁實恩提出新一季的代言人的想法，「不如我們換成孫宇成？」

「孫宇成？」負責市場調查的同事不以為然，「我看不出他跟品牌的關聯性，論紅的程度，才剛出道不久，也不是多厲害的藝人。」

「他的經紀人腦子壞了，心高氣傲，以為自己家的那位孫先生是一線男星，開出來的代言費很可笑。」公關不是很愉快地搖著頭，「只剩下他跟孫悟空可以選了嗎？」

「也不過就是幾場活動出席，跟一支促銷的廣告拍攝，我是覺得可以試試。」袁實恩說。

「我是不懂演藝圈子的運作，不過最近經濟不好，上半年交出來的銷售數字不行，連帶就影響接下來的行銷費用，你們選藝人時，還是要考慮多一點，不要亂花錢吧。」財務同仁表示。

另一位已經私下跟袁實恩達成共識的業務同事，趕緊出來緩頰：「孫宇成不錯啊，不少年輕人，像是我妹妹都很喜歡他，我看新聞報導說，他個性很好，為人很孝順……。」

又有人開口了：「這年頭孝順也能當一件事拿出來講嗎？搞什麼？我也很愛我媽啊。」

會議室裡笑成一團，袁實恩一臉僵硬。

「今年下半年，我們要找臺灣香港都知名的明星，一支廣告當作兩支來用，以便節省製作費用，這位藝人是香港人，跨市場的知名度可能有點問題，這樣做臺灣市場會不會有意見？」主管對著電話詢問。

「我們討論過了，臺灣這邊可以接受。」

電話裡傳來肯定的口氣，相隔七百二十八公里，那個聲音是鄭安然。

「那好吧，我沒有什麼意見，試試新的人也不是不行。」主管大手拍了一下桌面。

透過電話，另一位臺灣同事接著開玩笑：「我們都相信來自香港的孫宇成是聰明、帥氣、迷人的，臺灣同胞也會買單，為什麼呢？因為我們這裡有人相信提議的男子也是非常聰明、帥氣、迷人……。」

「喂，」鄭安然說：「講這個做什麼啦。」

臺灣那頭按了靜音，笑鬧的聲音戛然而止，袁實恩的耳朵頓時紅了，會議室裡大家都憋著笑，坐在隔壁的財務同事，還誇張地用兩隻手指按著袁實恩的脖子動脈，看著手錶替他數脈搏。

第四章 二〇〇九年

H1N1 病毒，由一個墨西哥的五歲小男孩開始，引發了一場全球性流感大流行。

這波流行感冒，隨著二〇〇九年春天，散播至全球二百一十四個國家，估計七億到十四億人感染，由於缺乏精準數據調查的關係，死亡人數的估計值，從十五萬人到五十七萬人都有。

專家學者說，這個流感病毒是全新品種，又稱作豬流感，豬隻為主要病毒宿主，後轉為人傳人，人類不具備先天性免疫力，也由於新變種的不可預測性，導致各項評估皆難以進行。

當人傳人開始時，一切都會變得複雜起來，這個道理並不限於病毒。

臺北的辦公室來了一個香港同事阿華，他跟小語坐在一起吃餐盒，兩人小聲談話時，眼底都是笑意。

「怎麼了？你們在笑什麼？」鄭安然問，她雙手抱著五個檔案夾，還有六瓶洗髮精。

小語將她滿手的產品卸下來，一瓶一瓶放在桌上，她笑嘻嘻地問：「妳知道香港那個負責髮品的袁實恩，被法院告了嗎？」

「好像有聽說，但不太曉得發生什麼事……。」

阿華帶著濃重的香港腔調，比手畫腳地形容起來，「這事情很玄，有個吹風機贈品，當時是袁實恩負責的，消費者聲稱拿回家吹到一半就爆炸，家裡被燒出一個洞，可是公司要求他出示燒毀的吹風機當證物，他拿不出來，但一家人都堅持提告，那老婆也說有親眼看到吹風機爆炸，說什麼兩個小孩眉毛都燒了一半，一定要賠三百萬港幣，但搞半天問他們從哪裡買的洗髮精跟贈品，說得不清不楚，說發票收據都被火燒掉了，警察跟消防人員去現場，也找不到那臺吹風機啊……。」

「那這樣公司還要賠償嗎？」

「公司不負責的話，他們說要鬧上新聞⋯⋯。」

小語搖著頭說：「袁實恩太倒楣了，上次我看到他，他就是一個倒楣臉。」

「好人也是有時運不濟的時候吧。」阿華說：「一來一回開了不知道多少次協調會，我們這邊的律師提出贈品的安全檢驗證明，那老婆在對面就拿出全家在醫院拍的燒傷照片，好慘，一家人的臉跟手都是黑色的⋯⋯最後法官啊，沒有別的辦法，只好集中庫藏的贈品吹風機，然後在協調庭上一次打開，全部的人就安靜地看吹風機吹了一個小時，等著看會不會爆炸，好荒謬，那個熱風把整個法庭都快烘乾了⋯⋯。」

小語笑了起來，「審判庭上的法官變成這樣嗎？」她把頭伸到座位旁邊的電扇，風吹得她一頭亂髮。

阿華笑得不行，他一邊笑，又一邊露出同情的臉，「唉呦，妳們真的應該看看，當時袁實恩穿著全套西裝，跟一百支吹風機站在那裡的表情⋯⋯。」

✣

早上醒來時，袁實恩感到不尋常的肌肉疼痛、喉嚨發癢和鼻塞，他的嘴裡，有蠟筆的味道。

再過兩個小時，一封信件就會發出來給大中華區行銷部門的所有員工，公布他即將接任新職位的消息。他自己都不喜歡那個消息，更不要說是鄭安然的感受，她曾說過要申請那個職位，而當時袁實恩表示反對。

「贈品爆炸事件的調解會議裁定後，你還是換個位子做吧，免得外面的人多話。」會議室裡，袁實恩的上司是這麼提議的：「這個安排對公司好，對你也好。」

他無言以對，只能同意這個建議，只不過是一臺吹風機，把他的職涯計畫吹得歪歪斜斜。

袁實恩起身，打了兩個噴嚏，走進浴室刷牙，他刷不掉口中蠟筆的味道，那味道甚至逐漸轉變成一種馬克筆的嗆辣，鬧鐘響起來，令他覺得很煩。

八點半，一封接著一封的信件，同樣的句型，奔湧而來。

「Wonderful news for the day!」

「Huge congratulations!」

「Amazing! What a great new journey!」

「Thank you for all your hard work and support these past years...」

「So happy for you, looking forward to working more with you :)」

第一個打電話來的，是凱西。

「真是深藏不露喔，袁先生，原來暗中運作的事情你也會做，恭喜你啦……。」

袁實恩嘆了一口氣，接著凱西又接著講了一些別的話，她說，還有其他的人事異動要接著發布，「所以不只是袁先生換職位，下一季開始，青梅竹馬的凱西小姐也要跟你改分發到同一組，最佳拍檔雙宿雙飛啦，驚不驚喜……。」

唉。袁實恩在心裡嘆了第二口氣，真是一件事連著另一件事，鄭安然的臉又浮現在他眼前。

掛上電話後，才中午十一點，袁實恩打開電子信箱，不死心地想翻找是否有來自鄭安然的恭喜信件，結果不如所願，他向阿姨要了一個飯盒，阿姨問：「這麼早吃啊？今天是雞腿飯盒喔，看新聞說，豬有病啊，最近還是少吃豬肉。」

袁實恩對她禮貌地笑了一下，便提著飯盒，低頭按下電梯，安靜地走出了公司，他不是飢餓的人，但一時之間，很難對任何人說明。

✣

週一的上午十一點，當鄭安然發現袁實恩即將上任新職位的消息時，她正準備帶一個孩子，去上一堂音樂體驗課程。

那天她向公司請了上午的假，「想要做些別的事，順便放鬆一下。」鄭安然跟同事說。

那小女孩是她的鄰居，今年才六歲，念大班。

「我沒辦法控制我自己。越來越多的時候，我失去了活著的感覺。我會突然問自己，這是哪裡？我在這裡做什麼？我不願意在這裡……我是不能當母親的，我沒有真實生活的感受，那感覺越來越奇怪。」

是一次電梯裡的談話，不相熟的女孩母親突然說起話來。

「我最近想過很多很壞的事，像是趁先生回來的那一刻，帶著孩子坐在窗邊，雙腳懸空，朝著他的方向招手。我想嚇他，我想嚇這個世界，在我離開之前。我想過把孩子推出窗外，這不難，先騙她坐上窗沿，再溫柔地把她從背面推下去，像推她坐鞦韆那樣……我到底是怎樣的母親，大多數時候，我怎能稱自己是母親……。」

鄭安然是這對母女對門的鄰居，女孩的母親病了，平時是帶著禮貌笑容的女人，現在光是笑容都得靠吃藥控制，每次吃藥後，那母親就什麼話都會講，在門口講，在電梯裡講，甚至當著孩子的面，一五一十地把想法說出來。

孩子不過六歲，有一搭沒一搭地在公立小學的附屬幼兒園上學，卻常常看見她坐在樓梯間等待。聽說有熱心的老師通報，兒童福利相關的社會機構已經在介入處理。鄭安然主動向鄰居提議，每週定時帶著那孩子出去走走。或許有一天，她可以用正式的程序，把孩子接過來照顧。她想著，應該要有足夠的善意，推著這個世界走。

凡事都有逐漸變好的可能。

然後鄭安然順手點開了信箱裡排在最上端的那封信，她正在穿鞋的另一隻手停了下來。

「妳別去申請，那不是一個好位子，老闆人品有問題，不適合妳。」鄭安然記得袁實恩是這樣說的。

袁實恩說了這樣的話，兩週之後，卻印了新名片，那個位子職稱的下一排，印著他的名字。

不知道袁實恩會不會如鄰居母親那樣，自己問自己，這是哪裡？我在這裡做什麼？

✢

到了第二天，袁實恩才等到鄭安然的信件，那封信寫得簡短，連congratulations都縮寫成了congrats。他讀了好幾次信，有點按捺不住，在即時通訊上向鄭安然敲了一句話，「不是我自己去找那個位子的。」

過了兩小時，鄭安然回了幾個字：「是好事，為你開心。」

他們淡淡地過了兩個月，兩人除了公事以外，其他的話不太多談。幾天後另一封人事異動的信也發了出來，凱西搬著紙箱坐到袁實恩斜對角的座位，「牛郎織女終於坐一起了。」同事都這麼調侃，凱西也沒反駁。

這兩個月，鄭安然也過得淡淡的。公司發布的第一封，關於袁實恩升職的信，令她不敢置信，第二封信，關於凱西的人事調動，她倒是了然於心。本來看不清楚的事情，一下子都說得通了。

她為自己的自作多情感到丟臉。

隔週的某一天，對門鄰居的孩子，被社福單位悄悄帶走了，母親被強制住院，父親不知道是誰，也不知道跑到了哪裡去。「積欠的房租好幾個月，也拿不回來，下次絕不租給這種單親家庭的女人，還帶著一個孩子的。」房東苦著臉抱怨。

不工作的時候，鄭安然無事可做，便獨自坐在客廳的沙發裡，變得呆呆的。

電話響了，是她替孩子報名的音樂課，主任熱情地問，「今天小朋友沒來上課，發生什麼事啦？」

「喔，生病了。」她立刻編了一個理由，「抱歉忘記請假。」鄭安然戲演得很足，甚至約好了下週的補課時間，鋼琴啟蒙蘋果班，除此之外她不知道還能做什麼。

這樣恍恍惚惚的日子過了一陣子，直到小語約她去廟裡，起鬨鄭安然抽了一張籤——

第五十七籤　癸巳

勸君把定心莫虛，前途清吉喜安然。
到底中間無大事，又遇神仙守安居。

原本只是心煩，想抽個心安，但當鄭安然看見詩籤上的第二句，明明白白地寫著她的名字，心倒是篤定了下來。

又遇神仙守安居？為了這句話，鄭安然振作起來，把租屋處重新整理一番，將灰白的牆面換成米黃色，添購了新的沙發與花瓶。家居用品賣場成了她週末最常去的地方。某天她買廚房用具，結帳櫃檯拿出信用卡，店員詢問會員卡號碼時，排在後頭一個男子說，「報我的號碼吧，這個月我生日，有三張優惠券可以用，可是我都不知道要買什麼。」

鄭安然轉頭，看見了隊伍裡的高中男友。勸君把定心莫虛，那一刻，滿手都是碗盤與餐巾紙的她，有了回家的感覺。

✢

下班後，袁實恩去剪了頭髮，走進商場添購新鞋，新襪子跟新衣服，他沒有必要做這樣的事情，可是他想要甩掉心裡說不出口的悶氣，有個新的開始。為了這個，前天袁實恩甚至抱了一盆張牙舞爪的龜背芋在路上走，回家的路上，那大片大片的綠葉擋住了他的臉，好像他的工作跟他之間的關係，別人看不進來，他也看不出去。

他感到很失望，對自己表裡不一的人生。

從第一次和鄭安然見面開始，袁實恩就想跟她在一起。想要跟她共組生活，想跟她在早晨的餐桌上喝果汁，夜裡在白色的床單上做愛。那份感覺斷斷續續，隱隱約約，連袁實恩都很陌生，當鄭安然從更衣室裡跳出來，出現在他的面前時，他似乎得到了一則必須遵從的指示：必須朝著跟這個女子一起生活的這條路走，不能不這麼做，不能不去想她，不能不跟她共進早餐，不能不跟她做愛。就像狗聞到氣味，不能不循著氣味去，是這樣的一種原始而強硬的念頭。

迎新會上，袁實恩記得鄭安然的服裝，當其他的女孩都穿著正式套裝的時候。她穿的那件毫不張揚的白色連身裙，她臉上的兩道粗眉，像極了男人，可是她眼下的那顆痣，安靜地落在鼻梁與左眼之間，非常溫柔。

他們並不朝夕相處，可是總有認識很久的感受。袁實恩甚至相信，他們就像一雙襪子，一左一右，一同塞在鞋子裡，晾在晒衣架上，收進衣櫃的第一層抽屜，只是在反覆多次的過程中，無心之下，其中一隻襪子，不小心跟另一隻分離。

但另一隻落單的襪子，根本不這麼想吧。

終於在商場中結帳時，五件嶄新的襯衫、三雙白襪、一雙發亮的皮鞋，袁實恩感到充實，或許他可以找到新的氣味，去走新的路，他提著購物袋邁開腳步，他是那樣有自信，直到發現那個收銀機旁的、三件一組的女用內褲花車，他怔怔地看著上面的粉紅花瓣圖案。

電話響起，是阿丹打來的，「喂！你在哪裡？」

「在外面。」

「喔，好吧，你在做什麼？」

「買東西。」

「袁仔，我接下來要說的事情，你不要太難過啊。」

「怎麼了？」

「我跟你說，你又被消費者告了。」

「啊？」

「那個你之前在萬寧賣場設計的地貼啊，好大一塊圓形的，記得嗎？我告訴你，貼紙上面的女明星可能是聶小倩，有魔眼還是什麼的，有個孩子在店裡顧著看她，結果一路從樓梯滾下來，手斷成三截……唉，小孩的媽媽氣死了，堅持要提告，萬寧就說這個地上的貼紙是廠商搞的，那廠商是誰啊？就是你，你搞的。哇哈哈哈，一年被告兩次，你真的要去拜拜，還是找個風水師來改運……。」

在空曠光亮的賣場裡，空調溫度是有點太低了，袁實恩掛上電話，把襯衫、襪子、鞋子，一一放回架上，他對自己無法控制的、不可預測的、表裡不一的人生，感到一種難以言喻的失望。

第五章　二〇一〇年

二〇一〇年，有許多令人津津樂道的電影上映，像是李奧納多主演的兩部電影，馬丁．史柯西斯執導的《隔離島》，描述法警為了失蹤人口而到精神病院辦案的過程；克里斯多福．諾蘭身兼編劇和導演的《全面啟動》，探討夢境與潛意識；娜塔莉．波曼飾演的女主角，為了完美演出《黑天鵝》，犧牲自我直至毀滅；以及改編自日裔英國作家石黑一雄的小說《別讓我走》，不到最後一刻，看不出這是一部懸疑、科幻還是愛情電影。

這一年，這些電影裡從內部透出了一股氣息——人到底是不是自己認識的那個人？世界是不是個人以為的那個世界？尚未被定義的質數該如何確定，除了自己與 1 以外，絕無其他因數的可能？

一場無預警的婚禮，臺灣的鄭安欣，帶著微凸的小腹，嫁給香港的陳光和。光和是安然的同事，安欣是安然的妹妹，小她兩歲，有次公司聚餐時，安欣正好在附近，就這麼認識了光和。

結婚的消息突然傳出，瞬間讓辦公室都熱鬧了起來，這兩個分隔兩地，似乎不可能有時間相處的人，竟然悄悄談起了戀愛，到了論及婚嫁的程度。

一個同事開著玩笑，「再怎麼說也是陳光和跟鄭安然機會比較大吧？居然被妹妹攔胡了……。」

鄭安然擠眉弄眼，聳聳肩說：「只能說我是一個不會把握機會的人。」

小語在旁邊意有所指：「也有可能是，安然有別的機會可以把握啊。」

婚禮的宴會有兩場，分別在臺灣與香港，臺灣的那場訂在秋天時分，鄭安然是伴娘，袁實恩是陳光和的同事，也受邀參加（他刻意安排了一場出差，跳過香港的那場喜宴，好來參加臺灣的這場）。好一陣子不見，袁實恩很期待看到鄭安然，同時也很緊張。

✢

鄭安然看見袁實恩的時候，她正在將胸花別上，那個別針有點瑕疵，不容易掛上，她露出煩惱的神情，拉扯著白色禮服的上緣，試圖找到好的位置，袁實恩走近她身邊，看見她捧著自己的上半胸與胸花，場面有些赤裸。

「好久不見。」袁實恩說了四次嗨以後，說了這四個字。

「好久不見。」鄭安然說，她抓著別針低著頭，胸花掉了，別針卻插進肉裡，「你看，我妹妹結個婚，我的胸口居然插了一根針。」

「恭喜，喔，會痛嗎？」袁實恩結結巴巴的，他想伸手幫忙，又不知該如何是好，鄭安然抬頭看著他笑了，因為袁實恩紅著耳朵，盯著她胸部的樣子，就像小男孩第一次打開色情書刊。

✢

週末，熱鬧的婚禮過後，發生了一件始料未及的事。

週一上午，清潔人員走進辦公室，先是愣住一秒，接著發出了驚叫，拿著澆花器的她看見盆栽邊的黑色管線上，直挺挺地掛著一個氣絕的男人，那個人是臺灣區的總經理馬克。

鄭安然站在一旁，陸續也湧進了其他的同事，大家都小聲交換一些訊息，但唯獨鄭安然不發一語。

救護車停在樓下，載走蓋著白布的擔架，公司來了許多警察，把鄭安然叫進會議室詢問。一個小時後，鄭安然提出假單，她懷著歉意說：「請讓我休息一天。」

這時她的主管傑森走近她身邊，悄聲說：「我們討論過了，所有跟大老闆直接彙報的人員，或是親近的同事，都休息一週吧。」

鄭安然面容憔悴，她提著包包離開，在一樓大廳遇到了總經理馬克的太太，她的臉色如白紙一般，看見安然，突然跑過來問：「他有沒有跟妳說過什麼？有嗎？如果有，妳一定要告訴我……。」

太太握著安然的雙手搖晃，好像選前之夜，激動的候選人要討好選民的心，抓住最後拉票的機會，鄭安然就這樣被她拜託著，卻一句話都說不出來。

✣

兩個小時後，當袁實恩抵達公司時，鄭安然已經離開了。

除了一個小區，用黃黑色交雜的封鎖線圍起來，禁止人員進入以外，臺北的辦公室又恢復成原來明亮乾淨的地方。

小語說，因為有段時間，傑森申請特休不在公司，鄭安然便直接彙報給總經理馬克，彼此緊密工作的時間，大約三個月左右。

「她沒說什麼就走了，大概是嚇到了吧。」小語搖著頭，指著原本是用來當作天花板燈架的細管：「大老闆也不算瘦小，你看那管子怎麼撐得住……。」

袁實恩抬頭看著天花板，想起馬克是一個不服輸，不停想要證明自己比別人強的人，每每有人反駁他，他就會把同事拉進旁邊的會議室裡說個不停，但現在那間會議室，只剩下一個圓桌，兩張椅子。

✢

中午十二點零三分，鄭安然搭上開往花蓮的火車，她在座位上偶爾閉著雙眼，偶爾又茫然地看著窗外奔騰的景色。

前排坐著一個小女孩，她指著餐車上的餅乾說要買，媽媽不讓她買，她的眼淚就流下來。

「不要哭，怎麼會有小孩像妳這樣，動不動就哭？」

「我就是要哭，我就是要哭。」小女孩無法隨心所欲，乾脆就放聲大哭。

她的媽媽生氣地說：「莫名其妙，我從來沒有看過比妳更莫名其妙的人。」

鄭安然默默看著她們吵架，她很想說，這世界上比這個莫名其妙的人跟事很多，她就是因為這種莫名其妙的事件，才坐在這臺火車上的。她想著，人活著這麼忙碌，到底是為了什麼？自殺前的一天，馬克還在光和跟安欣的婚禮上致詞，關於相愛與婚姻，人生的經營，他說得頭頭是道，為什麼一個人對於未來的概念，可以同時明朗又陰暗呢？

她無法控制自己，腦中模擬著總經理擺好辦公室的椅子，把千鳥格的圍巾綁上燈架的樣子，或者他是踩著盆栽的底座把自己掛上去的？是什麼樣的心情，能讓這樣自信充足的男人走上絕路？而他最後說的一句話，又是什麼意思？

說起來，那條千鳥格圍巾還是鄭安然的，跟警察在會議室裡會談時，鄭安然特意跳過了這件事，圍巾平日放在椅背上，覺得冷的時候，她會像棉被一樣包裹著身體。昨夜馬克拿著她的圍巾，尋找可以掛上的水管或是燈架時，當時的他，也覺得冷嗎？

鄭安然在花蓮車站的洗手間，脫掉上班的套裝，換上大帽T與寬鬆的牛仔褲。這件事她原本可以在家裡時做，但她不想引起家人的注意，就留著身上的正式服裝，隨口跟母親說，公司臨時有幾天的出差行程，便快速地收拾了行李匆匆出門。她看了看手錶，時間還早，決定先租一臺摩托車，漫無目的地逛一逛。

上次騎摩托車，好像是十年前的事情了，那時候她剛考上大學，一時興起帶著安欣一起去綠島，也是在綠島學會騎摩托車的，她記得自己跟妹妹，穿著泳衣跟蛙鞋，搭著島上的陽光與風，一路騎車到海邊去浮潛，那感覺無與倫比。

多年過後，鄭安然覺得自己有個妹妹，是上天的賞賜。安欣總是接下自己穿不下的衣服，腳踩著她前年買的球鞋，兩人睡在形狀顏色一模一樣的單人床。安欣會讀她丟在床邊的書，吃她不喜歡的食物，安欣跟安然不一樣，安欣並不複雜（或者說她的複雜隱藏在安然看不見的角落），年紀較小的她，永遠帶著一份真摯與嬌嫩，妹妹總有自己天真無邪的祕密，常常幻想自己是公主，是殺手，是科學家，每年都會設下人生目標，隔年發現自己沒有完成的時候，她也很快就換成下一個夢想。

十歲那年，安欣曾經得過一場重病，一種神經病毒，讓她無法控制臉部表情，話也說得顛三倒四，她在醫院住了十一個月，連小學畢業典禮都錯過了，畢業證書也是鄭安然去學校幫妹妹領的。那場病後，父母看待安欣的眼光，總是帶著對幼小動物的憐惜，這份對妹妹的加倍憐惜，轉化成對姊姊的加重期待，父母把成就的賭注押在一人身上，把疼愛留給另一人。如果可以的話，別讓安欣壓力太大，如果再努力一點，安然就會考得更好。

鄭安然雖然沒有說過自己羨慕妹妹，但她某方面的確是的。

✣

隔天傍晚，揹著一個藍色背包的袁實恩，也來到了花蓮。花蓮的天氣，比想像中的陰冷一些。

當小語把鄭安然在花蓮寄宿飯店的地址給他時，說了意味深長的一句話：「我都說這世界上不存在完美的男朋友，但你好像還可以。」

「我跟安然不是男女朋友。」袁實恩反射性地解釋，「我只是有點擔心她。」說這段話時，袁實恩自己都知道，他在解釋一件自己都不明白的事，「而且，剛好有幾天假，都聽大家說花蓮很美。」

「好啦，知道了啦，你不是完美的男朋友，你只是隔壁班的男同學，這樣說可以嗎？」小語憨著笑，對袁實恩點點頭，「你是一個沒有去過花蓮的、完美的隔壁班男同學。」

來到民宿門口，已是傍晚時分，袁實恩報上鄭安然的名字，民宿老闆娘說：「好奇怪喔，自從昨天晚上到現在，她都沒有出來過，早餐、中餐都沒吃……。」

袁實恩聽了這段話，便頭也不回地奔跑上樓，接著急促地敲門，他聽見緩慢而沉重的腳步聲靠近，終於看見門縫裡，露出了半張鄭安然的臉，她看起來昏昏沉沉。

「你怎麼在這裡？」房門打開後，鄭安然一臉驚訝。

「我聽樓下的老闆娘說，妳都沒有出門？妳為什麼都不出門？」

袁實恩一邊喃喃自語，一邊用眼睛緊張地上下檢查鄭安然，卻沒有發現太多奇怪之處，當袁實恩忍不住把鄭安然的兩隻手腕舉起來看的時候，鄭安然終於笑了出來。

「我只是不小心跌倒了啦，」她說：「回來民宿的路上，路燈壞了，我車子沒有騎好，整個人摔到田邊扭到腳，所以今天待在房間休息啊。」

鄭安然把紅腫發紫的腳踝舉起來，以茲證明。神經兮兮的袁實恩蹲下身摸了摸她的腳，這才吐了一口長氣。

「怎麼了？你以為我想不開喔？」

袁實恩尷尬地低著頭，他緩緩地站起來，兩手抓著背包的袋子，搖搖頭又點點頭。

「那你是來救我的，還是來跟我同歸於盡的？」

「我……我是來花蓮玩的，順道來看妳。」袁實恩一邊扯著沒人相信的謊言，同時心裡想著，如果真如小語說的那樣，他只是隔壁班的男同學，會把自己嚇成這個樣子嗎？

✣

所有稍縱即逝的一切，都是短短的片段組成的。

海風徐吹的夜晚，鄭安然騎著摩托車，載袁實恩去吃晚餐。

「妳確定還能騎車嗎？」坐在後座的袁實恩問，在風中，他雙手緊緊抓著後座，這是他第一次坐摩托車。

「我沒有選擇，畢竟你都順道來看我了啊。」鄭安然取笑他。

秋夜的星空下，他們就坐在海邊的堤防上喝汽水，海浪義無反顧地衝過來，打在巨大的石頭上，接著碎落。

袁實恩試探著問：「大老闆的事，妳還好嗎？」

「自殺的前一天，大老闆不是有來婚禮嗎？」鄭安然沉默了一會兒，才開口說話：「你記不記得，那天晚上，他還大聲叫，要大家舉杯，一起祝賀新人永浴愛河、早生貴子……。」

袁實恩點點頭。

「我就在想，他自己也是個貴子不是嗎？一路念國外的學校，娶了漂亮老婆，生了兩個女兒，住在豪宅裡，衣食都不缺，怎麼才過一天，就搞到這樣子，一個好好的人，穿著西裝，掛在辦公室中間……。」

「妳有看到他最後的……樣子嗎？」

鄭安然搖搖頭。

她到辦公室的時候，遺體已經搬下來，放置在擔架上，救護人員在角落急救著，她隱約看到一隻手臂，深藍色西裝袖口，動也不動，落在地上的圍巾，已經被剪成破布了。

「那天，大老闆在宴席上，開了一個玩笑。」鄭安然說。

「他說了什麼？」

「他說，鄭安然，我告訴妳，這個世界上害死男人的，全都是女人，我想好了，明天我就要出家，哈哈哈。」鄭安然記得老闆拿著高腳杯，喝了一大口紅酒，笑得開懷。

「什麼意思？」袁實恩問。

「我不知道。」鄭安然搖搖頭。

大老闆的那些話，像路上遺落的拼圖，光是撿到一兩片也看不出所以然。

「妳聽清楚沒有？人生那麼煩，沒有意思，大家要是明天找不到我，不要緊張，妳就說我想通了，不想混了，要出家了……。」

海風把袁實恩的頭髮，往後吹得高高的，好像港片裡的賭神周潤發。鄭安然轉過頭，看著他的眼睛，睫毛和鼻頭，像個孩子般的側臉，她突然感覺到一股衝動，想要在風中找一個人可以依靠。

「好奇怪，坐火車來這裡的路上，原先的那些人生目標，我都不想要了，覺得好累。」鄭安然道。

「好像是喔，新目標應該是住在像花蓮這樣的地方就好。」

「住在這裡就不能天天看偶像明星拍廣告，指揮漂亮的人擺Pose了喔。」

「大概也不容易被消費者告……。」

鄭安然從石頭上跳下來，一邊模仿吹風機爆炸的聲音，一邊手舞足蹈地笑起來，她喊著：「袁實恩，花蓮歡迎你！這裡的人，洗完澡都是用海風吹頭髮，你不要怕。」

袁實恩也跟著跳下來，他做了一個差點跌倒的姿勢，接著說：「妳都不知道，我的法庭最新力作，是做了超大圓形貼紙，害消費者滑倒手斷掉。」

「什麼？」

「我在賣場做了地貼，上面是一個女明星摸著自己的長頭髮。一個小孩子看呆了，就從樓梯上掉下來。」

「他手摔斷了？」

袁實恩點點頭，「那個地貼上還寫著大大的『無比滑順，令人難忘』這幾個字。」

鄭安然難以置信地看著他，她摸著臉跟鼻子問：「那孩子幾歲？」

袁實恩比了一個三，「三重功效，滋潤，修護，再生。」

「所以你又上法院嗎？」

「還是同一個法官。」

「看到他是不是就像回家一樣？」

「就像回家看到老媽一樣。」

黑暗中，鄭安然跳上摩托車，發動騎走了。

「喂？妳去哪？等等我。」袁實恩跟在後面跑。

「我替那個跌倒的小朋友報仇，罰你跑個幾公里……。」

✢

回到民宿，已是凌晨一點。

在那之前，他們在路上騎車兜風，繞著遠路，看到有營業的小吃店，或是便利商店，就停下來隨意吃點東西。

「遇到心情低落的時候，我就會想一個畫面，稍微安慰自己一下。」袁實恩嚼著麵說話。

「什麼畫面？」

「媽媽在晚上走進房間，幫我蓋被。」

鄭安然笑了，「原來你是媽寶啊？」

「什麼是媽寶？」

「依戀著媽媽，沒辦法順利長大的小孩。」

「不是嘛，是因為我是家裡的老二，有個哥哥還有個妹妹。小時候，在我醒著的時候，媽媽很少關心我，我都躺在床上假裝睡著，等她深夜的母愛爆發……。」

「喔，原來是這樣。」鄭安然安靜下來，不再笑嘻嘻地接話。

「妳怎麼了？」

「沒事，只是你說的事情，讓我想起來，小時候，我也是很少被關心的孩子。」

「是嗎？」

鄭安然點點頭：「因為我妹生過病。」

「但在喜宴裡，我看到妳父母都跟妳挺好的。」

「他們關心的，比較多是我的表現，我的成就……。」

「那還是比我幸福，」袁實恩吞了一口青菜，「小時候，只要是跟我有關的事，爸媽什麼都無所謂，好聽一點是我自己決定就好，難聽一點，就是他們也不在乎我要幹嘛……。」

「是嗎？」

「我爸爸替哥哥英文名字取作Charles，媽媽把妹妹叫做Elizabeth，都是英國皇室的名字。」

「那你呢？」

「他們忘記幫我取了。一開始是說要給我的姨婆取名字，姨婆拖了一陣子，忘了，我的英文名字是進學校後，老師給的名字，先是幼兒園老師取了一個名字，一年級老師覺得不適合，又幫我換成另一個名字。」

袁實恩搖了搖頭，幾十年過去，他還記著這樣的事。

「總之在家裡，我是半透明的。」袁實恩下了結論。

「像一隻水母。」鄭安然說。

「什麼？」

「你是半透明的，像一隻水母。」

袁實恩歪著頭想了一想，接著不以為然地表示：「我是不知道臺灣怎麼樣，但香港有個海洋世界，那裡的水母，超多人關心的……。」

接著袁實恩說了一個紋眉的事。

「有天早上我媽媽去紋眉，那天是我的畢業典禮，她忘了。」

「媽媽紋好眉毛，從美容院回來，哥哥跟她說，今天是弟弟小學畢業，要上臺領獎，現在趕去學校，說不定還來得及看得到，結果妳知道她說什麼？」

「她說什麼？」

「我媽媽說，唉呦眉毛都腫起來了，多難看，算了，不去了，她說完話，照一下鏡子以後，就跑去睡覺……。」

袁實恩說完這個故事，自顧自地笑起來，不知道是因為太平洋的風，還是喝了太多高糖分碳酸飲料的關係，他有好多話想要說。

「那我也講一個跟紋眉有關的事給你聽。」鄭安然露出神祕的表情。

「妳該不會也紋過眉吧？」

「國中的時候，有一次，我跟爸爸說，想要去刺青，刺在脖子這邊。女孩子嘛，那個時期都有點叛逆。」

袁實恩用眼角餘光檢查了鄭安然的後頸，路燈下，只看見她光滑的皮膚，少少的透明細毛。

「妳想刺什麼？」

「我想刺一隻柴犬。」鄭安然轉頭看著袁實恩，「從來沒有人問過我想刺什麼。你知道我爸對我說什麼嗎？」

「他說什麼？」

「我爸爸說，除非妳刺的是背不起來的數學方程式，不然跑去刺青對妳考高中有什麼幫助？」

袁實恩替安然倒了飲料，接著舉起杯子。

「敬我們忙碌的父母。」

鄭安然將杯子高高地舉至半空中，兩人一飲而盡。

秋夜稍縱即逝。

他們躡手躡腳地走上民宿的樓梯，地板很老舊，發出咿咿呀呀的聲音。

袁實恩在鄭安然的房門口前，停下腳步。

鄭安然問：「你要進來嗎？」

袁實恩不想走，但他不知道該怎麼做，他的腦袋還殘留著昨天辦公室，救護車與天花板水管的畫面。

在氣氛凝結時，鄭安然抓住他的襯衫，靠上前去吻了他。

最終鄭安然還是沒有說出口，大老闆上吊的那條圍巾是她的。

鄭安然不明白大老闆的意思。

即使嘴唇貼著袁實恩的時候，她還在想這件事情。

第六章 二〇一一年

「只有相信你做的是偉大的工作，你才能獲得真正的滿足。只有熱愛你的工作，你才能做出偉大的工作。如果你還沒找到你愛的工作，那就繼續尋找，不要妥協。這就跟感情的事一樣，找到的時候，你自然會知道。」

二〇一一年十月五日，知名品牌蘋果的創辦人史蒂夫·賈伯斯死於胰臟癌，他一生留下許多傳奇故事，也曾說過許多名言，包含以上這段話。

話雖這樣說，但世上的大多數人，這一生都在不愛的工作與不愛的人之間，慢慢妥協了吧。

當你還是小學生的時候，也許每一年，都會有人問你，長大以後要做什麼。那時候的你，覺得什麼事情都有可能：可以當醫生，可以當老師，可以當間諜，也可以當總統。你只要覺得那個工作有點好玩，就可以放在選項裡，走到講臺上，大聲宣稱那是你的志願，大家都替你鼓掌，稱讚你有無限的可能，直到你長大成人。

臺北市立第二殯儀館。

因為家屬對於死因提出疑慮，總經理馬克的喪禮拖了許久，終於在一月初舉行，穿著黑色服裝的主管們領著一群人，上前致意，上香，獻花，獻果，鞠躬。

接著是家屬答禮，哀傷的畢業歌曲，用二胡與古箏伴奏，煙霧繚繞中，鄭安然盯著大老闆的遺照，想起某次年度大會上，宣布他升官時，也是同一張照片。

✢

回香港後，袁實恩回到正常的生活。

今年的香港特別熱，令袁實恩經常想起花蓮的涼爽天氣，還有那個吻。那時從他的角度看下去，可以看到鄭安然黑色的瀏海，咖啡色的眼珠，她微微翹起而溼潤的睫毛，還有細細挺起的鼻梁。有時那個吻會定型成一張海報的圖像，替代了他原本心情低落時、母親替他蓋被的畫面。

「欸，你有沒有聽說？」凱西拿著一堆待影印的文件，八卦地靠過來問：「好多人都在傳，臺灣的那個大老闆馬克是跟一個臺灣的小女生搞，最後感情破裂，崩潰自殺的……。」

袁實恩低著頭按著影印機的按鈕，他不說話。輸入自己的員工編號與電子信箱，按下掃描文件，完成，送出，接著又拿出另一本廠商合約，開始影印，一頁接著一頁，他不想說話。

「大家都猜那個臺灣女生是鄭安然，聽說事情發生當天，她好像也精神崩潰，坐車躲到鄉下去，一個禮拜都沒上班。」

袁實恩依舊沒反應，他吸進一口氣，吐出一口氣，盯著影印機送出來的一張一張A4紙張。

「喂，你有沒有聽到我說的？我沒有亂講，警察都有在查。」凱西瞪著圓圓的眼睛，她歪著頭看著袁實恩的臉，伸出手在袁實恩的眼前晃動。

「釘書機呢？」袁實恩問。

凱西把釘書機遞給他，袁實恩說了謝謝，喀達喀達地釘著文件，凱西又問：「袁實恩，你是不是知道什麼？那時候你也在臺灣出差不是嗎？鄭安然去鄉下之前，有沒有跟你講什麼？」

袁實恩有些不耐煩，他低聲對著凱西說：「是不是出事的那幾天，每個跑去鄉下的人，妳都要懷疑？」

「你最厲害，你最聰明，就只有你不會懷疑。」凱西不情願地擱下這句話，轉身走了。

✢

張向誠是鄭安然在高中認識的第一個男生。

她原本讀的是女校，那年九月，學校改制，開始試辦男女合校，張向誠就是最初一批的男學生。他們第一次見面，是幾個女同學拉著鄭安然去籃球場的。

「終於有比較標準的投籃姿勢可以看。」某個女同學興奮地說。在那之前，碩大的籃球場都是一群汗流浹背的女孩追著球來回奔跑，十顆球往往只有一顆能投進。

「妳最好只是看投籃姿勢喔。」另一個女同學跟著起鬨。

鄭安然對籃球沒興趣，只喜歡聽音樂會，因為小時候學過鋼琴的緣故，音樂會裡最喜歡的是鋼琴獨奏。傍晚，她和幾個女同學站在球場邊，幾個男同學趁勢靠過來問，「要一起打球嗎？」

還沒聽完這個問句，還穿著制服裙的女同學們，立刻脫下裙子，運動褲早已穿好在裡面，紛紛上場去了。

青春的氣味，隨著地板運球的聲音，在夏天躁動的空氣中傳導，鄭安然覺得無趣，她雙腳交叉，盤腿坐在籃框後的地板上，輕輕地點著手指，彈空氣鋼琴。這時滿頭大汗的張向誠，一屁股坐到她身邊，「喂，等一下沒事的話要不要一起去喝豆漿？」他問，典型的十六歲男孩，搭訕時的起始問句，他帶著連珠炮的語速，彷彿這個句子不趕快一次講完，就沒有勇氣再講了。

鄭安然看了張向誠一眼，有點防衛地想要立刻站起來離開，但是張向誠又說了下一句話：「那裡可以聽鋼琴的音樂CD喔，因為豆漿店老闆很怪，他超古典的。」

張向誠說完這句話，好像被自己逗笑似地，對著鄭安然開心地咧嘴笑起來，他的酒渦像清涼的大雨滴，一大滴掉到湖裡。

「我看到妳就想起那個豆漿店老闆，他好愛講音樂，一邊講解的時候，也會像妳這樣，用手指彈鋼琴。」張向誠說：「我是什麼都聽不懂啦，可是還是常常去那間店。」

「為什麼你要常常去？」

「因為只要聽老闆講音樂，點點頭，嗯嗯嗯回答個幾聲，豆漿就可以免費續杯。」

✣

袁實恩一早進辦公室就覺得心情不好，剛上市的產品，第一週出貨量不如預期，遭到老闆質疑，他需要寫五頁的報告解釋原因。

中午，公司在餐廳訂了飯盒，他負責去拿，在路上遇見了蘇菲。

蘇菲比他早一年進公司，目前在家工作。這不算少見，一年總是有一兩個認識的人，突如其來地看清某種事實，決定離開錢味充盈的俗氣圈子。蘇菲說她正在寫劇本，愛情故事，窮困的男人苦戀一個勢利的女人，已經寫好一個版本。

「最後是快樂的結局嗎？」袁實恩問。

「不是，這樣類型的劇本，最後走到快樂的故事結局多商業啊。」蘇菲說。

「悲傷結尾也滿好，為妳高興啊，只有人生開心的人，可以笑笑地寫悲劇。」

「你不喜歡悲劇？」

「我都看勵志卡通的。」提著一大袋飯盒，袁實恩遲疑了一下，「不過，妳總是要讓那個男人，有一段時間是不愛她的吧？」

蘇菲不明白，「為什麼需要這樣呢？」

「都已經又窮又慘了，讓那個男的，多少有點骨氣，好像比較好……。」袁實恩苦笑地說。

✢

「他是第一個帶我去豆漿店聽音樂的人。」

如果有人問起張向誠，鄭安然會這麼形容他。

「等一下要不要一起去喝豆漿？」那是第一個問題。

接著的一段日子，他還問了鄭安然很多問題。像是後來，在學校的門口，他用簡潔的方法問鄭安然：「我們要不要在一起？因為我很喜歡妳。」

又是這樣無來由的一句話，直接的問句，搭配簡單的解釋，男孩年輕無害的笑容，裡面找不到被拒絕的理由。

那兩年，在每個早晨裡，張向誠會買微糖豆漿跟饅頭夾蛋給鄭安然吃，他把早餐裝成一袋，從班級窗戶裡遞進來時，班上的學生就會哇啦哇啦地鼓譟一陣。鄭安然記得他用認真的口氣說，「常喝豆漿的女生，以後會長得比較好，我媽說的。」

多年後，鄭安然再見到張向誠，是在居家用品的賣場裡。

他們沒有立即復合成情人，這次他們先是成為朋友。

張向誠說，你不忙的話，週末的時候我們就一起吃飯，如果是早上不忙，去早餐店吃早餐也可以。鄭安然笑了，這些年過去，張向誠或許在外貌上成熟了許多，但還是很喜歡早餐店。他提醒鄭安然要注意身體，補充營養，工作不要太辛苦，但她常常忘記。

秋天的時候，他打電話過來問：「可以見妳嗎？我在妳家樓下，有東西給妳。」張向誠執意帶了兩隻秋蟹要讓鄭安然吃，磚紅色的螃蟹綁了十字交叉的麻繩子，「喔，還有這個。」他接著從灰色背包裡拿出一張鋼琴ＣＤ，要給她聽。「我上禮拜出差，從德國買回來的。」

以行為舉止來說，張向誠是個難以預測的男人，可是他的心很簡單。

風特別大的某一天，在辦公大樓下，鄭安然打了電話給他。她下了決心說：「張向誠，我們還是當朋友就好。我喜歡跟你見面吃飯，但我們兩人要的東西不同，之前小的時候，也嘗試交往過了，我們這樣下去，沒有什麼未來……。」

隔著電話，張向誠小聲而卑微地說：「那我們多見面就好。我只是想跟妳一起吃東西，偶爾買東西給妳，妳就把我給妳的東西拿回家，沒關係。」

不知道為什麼，只是想要吃東西買東西拿東西，張向誠用小學程度簡單語彙組成的句子，打動了鄭安然的心。

一次北京的公司員工訓練營，在晚宴上，袁實恩遇見阿虎，他在中國市場幹得風風火火，前陣子獲得升職，人人都改叫他虎哥。

阿虎喝了點酒，走過來與袁實恩親密地勾著肩，「袁仔，下回就換你升遷了吧？」

「承你吉言。」在身材壯碩的阿虎旁邊，袁實恩看起來有些單薄，他被酒氣沖天的阿虎攬著，接著說：「看看你，當了主管，整個人都不一樣了。」

阿虎慎重地後退一步，開始自我介紹起來，「做外商多年後，終於躋上高端男用的凱文克萊香水，變成衣著講究，講話時夾雜三個音節以上的英文字彙，兼具商業和知識的氣息於一身，洋氣的中年管理階層！」

就這樣你一言我一句，他們站在飯店大會議廳的底端聊天，吃著免費提供的鮮蝦燒賣時，臺灣的團隊正好走進來，袁實恩看見鄭安然，穿著米色的高領毛衣，換了新髮型，他刻意低下頭，把目光移開。

倒是阿虎瞇著眼睛直直地看著。

「欸，你有沒有聽說，那個女的的事情？」

「哪個女的的事情？」

「聽說臺灣辦公室有個小狐狸精……。」

袁實恩知道阿虎要說什麼，他立刻說：「那個事情，不是真的吧？」

「真不真只能各說各話，反正人都死了，也拍不醒、叫不活。」阿虎淡淡地說：「咦，那個女的，叫鄭安庭吧？」

「鄭安然。」

「不過，我倒是聽了幾個真真的證據。」

「證據？」

「你不知道嗎？原本那天上午八點半，老總馬克是排定要跟鄭安庭開會的。」

「是鄭安然。」

「喔對，但是那個鄭小姐在前一天突然取消了會議，還有，有個同事從之前的大合照發現，老總用來上吊的那條圍巾，就是那個女的的圍巾。」

阿虎搖著他的大頭，「我問你，如果有天你決定要自殺，沒事會拿一條不相關的人的圍巾去掛在脖子上嗎？」

袁實恩呆呆地看著前方，答不上話。

「聽說現在小狐狸精的手，都伸到上海來了。」

「什麼意思？」

「大中華區公關部的副總尚爺啊，據說最近被臺灣的一個行銷部女生，迷得團團轉，心疼人家來異地出差，只能住酒店，已經送了一棟樓給她，在靜安寺那兒，獨戶一層啊。」

「他有說房子是給鄭安然的？」

遠遠地，鄭安然轉過頭，對著袁實恩微笑。

「你用自己的眼睛看看嘛，臺灣行銷部，有那種姿色的不多吧？嘖嘖，老天爺賞臉可以當飯吃，我看了都有點癢……。」

「你不要亂講吧，我跟鄭安然合作過好幾次，工作很認真，是很單純的女孩子。」

「合作好幾次？工作很認真？她給了你什麼好處？多認真？在你家脫衣服了嗎？」

阿虎見袁實恩不接話，便用兩隻手掌，硬是把他的頭轉過來，有幾秒阿虎看著袁實恩的臉，像是想起了什麼，又戲謔地捏著對方的脖子：「欸，袁仔，我從虎小弟走到虎哥的位子，一路上也吃過幾次虧，當作人生經歷分享，你多少聽一下，年輕人剛進公司，必須專注在升職上，沉溺女色對你沒有好處喔。」

他指指鄭安然，補充說明：「跟公司裡面純真的，稍微小情小愛可以，那種程度，越級打怪，你玩不起。」

袁實恩說：「我不是那個意思。」

「不是那個意思，是什麼意思……哈哈，我看單純的是你啊……。」阿虎神祕地笑起來，他大聲地說：「你搞清楚，現在還不是妄想的時候，你要升職很多很多次，超多超多次，變成一個Director還是President，才能考慮要幫女人買樓或是為她上吊，好禮二選一！」

終於等到見面的那一天，是在北京的飯店，那天的新聞都是賈伯斯的死訊，在會場中好幾個人都惋惜地把玩著手上的蘋果手機，鄭安然找不到時機跟袁實恩說話，袁實恩一直離得遠遠的。

直到四個小時後，活動結束，鄭安然看見他站在飯店門口，便走過去打了招呼。

「欸，要不要出去散散步？」鄭安然問。

「既然到了北京，我們去遠一點的地方散步。」袁實恩說。

北京的街上鋪著黃色的枯萎樹葉，在計程車裡，留著大鬍子的司機，放著震耳欲聾的音樂，隨著夜風不停扭著肩膀，一路搖滾。那個夜晚非常寒冷，他們一路走到街底的公園，大街上的霓虹閃爍，像上帝的水彩顏料，還沒確定如何下筆。公園裡的人比樹還多，幾個大媽在晚上跳土風舞。他們站在入口看了一陣子，最後決定轉身離開。

在路上，兩人交換了這一年的生活資訊。袁實恩對著鄭安然說了一下他的現況，他斷斷續續地講著工作的事情，沒什麼特別的地方，於是他又談起在小學時，當時上的課。

「游泳課時，只有我不會，整堂課體育老師就把我的頭夾在他的腋下，逼著我憋氣游水……我好緊張，除了往前划也沒有別的選擇……。」

「後來我常常做夢，都夢到自己在游泳池裡溺水，我不能呼吸，也不能停下來，我被夾住了啊……。」

袁實恩沒有發現，大部分時候，鄭安然都在聽他說，鄭安然有時微笑，有時又露出思考的表情。

回到飯店時，袁實恩想，如果鄭安然又站在房間門口問，要不要進來？這次他就不再猶豫了，就算那些流言蜚語塞滿了他的耳朵，他也想要置之不理。

因此袁實恩堅持先送鄭安然走回房間，直到他們看見，房門口的地上，出現了一個巨大的，包裝精美的盒子，繫著厚實的緞帶，Christian Dior 的禮盒，上面寫著：Miss you already.

就在鄭安然一臉疑惑的時候，袁實恩看見了卡片上面的男人署名。

第七章　二〇一二年

根據馬雅曆法，日子只到二〇一二年十二月二十一日就停止計算，新聞報導說道，馬雅人認為，依照曆法，由始到終，地球分為五個太陽紀，分別代表五次浩劫，其中四個浩劫已經過去，等到第五個太陽紀來臨時，太陽會消失不見，大地開始劇烈震動，到時候巨大災難將無可避免，隨之就是地球的毀滅。那一天，換算過來，是西元二〇一二年十二月二十二日，也就是今年的聖誕節前。由於古老的馬雅人以擅長天文學為名，許多人便把這一天，當作世界末日。

有些人會在世界末日前，把想做的事情做完，有些人則是打算重複日常的生活習慣，直到最後一刻。

三十歲的這一年，日子異常忙碌。

袁實恩拿到一個大中華地區的行銷案，為了獲得完整的消費者行為調查，成天往內地的各個城市跑。鄭安然留在臺灣的時間多，兩人幾乎斷了聯絡。

那年深秋，在北京漫步時，鄭安然沒有告訴袁實恩，這些日子來，最令她忙碌的不是工作，是父親生病的事情。

她父親的腦中長了一顆腫瘤，性情變得異常暴戾，母親受不了折磨，便把照顧父親的責任，交給了鄭安然。

✣

一月下旬，袁實恩因工作出差至臺北，雖然在同一個城市裡，但他們沒有見面。

日子逐漸逼近農曆新年，袁實恩的工作堆在一起等待完成，行程變得非常緊湊。他在臺北只停留一個晚上，到飯店時已是傍晚，櫃檯替他升等，很大的一間行政套房，客廳與臥房還有門隔著，帶兩個衛浴。

他穿著藍色條紋鋪棉的睡衣褲、白色襪子，不停地工作。肚子餓了就打電話點餐，一個人在陌生的空間裡吃飯。儘管上頭交辦的事項繁重，袁實恩覺得很安全，只要留在工作中，他就不會被所謂的孤獨感抓住，他是這樣的一個人。

窗外透出微藍的光，看了一晚的消費者訪談影片，袁實恩看著看著就倒在沙發裡睡著了。醒來的時候，他用手提電腦寫了幾封E-mail，將未完成的報告逐一做完，電話這時響了起來，是預約好的機場接送服務。

在機場等候登機時，瞄到機票上的TPE，袁實恩才想起什麼地，得空看了一眼手機，有一封未讀簡訊，在螢幕的第一行呈現粗體字，是鄭安然傳來的——

「嘿，聽說你升官了，為你高興，你這次來臺北待多久？打給我，我請你吃飯。」

✢

元宵節的那一天，鄭安然陪母親回南部娘家。罹癌後便長期待在臺北家中休養的父親，突然想出門買湯圓，獨自開車時，出了嚴重車禍。一個警員打電話給鄭安然，他說：「鄭小姐嗎？妳的父親在加護病房，意識混亂，目前尚未脫離險境。」。鄭安然跳上高鐵，路途上她的情緒無法壓抑，拿出手機想打電話，卻不知道該打給誰。

父親在醫院住了一個月。

腦部的腫瘤使他行動不便，個性變了很多，記憶也無法連貫。有一個深夜，父親突然躲在床的角落邊，縮著身體哭了三十分鐘，像一個孩子害怕時，發出有點像貓的哭泣聲音，碰都碰不得。哭的時候，父親認不出女兒，只是多次怯懦地喊著：「媽媽，我想媽媽。」鄭安然站在一旁，安靜地拿著毛巾，一言不發。等父親平靜下來後，她把毛巾沾了熱水，在鐵製的臉盆擰乾，讓他洗臉睡覺。

「謝謝妳。」父親把臉埋進毛巾，他小聲地問：「媽媽等一下就來接我了吧？」

小時候，鄭安然的父親是個自視甚高的男人，雖然才華洋溢，但也懷才不遇。父親很早就沒有工作了，據說是人緣不好，與同事關係緊張的緣故。這麼多年來，對此事他也絕口不提。如今病中的父親，內心深處隱藏的脆弱占據了他的身體，「請妳幫我打電話給我媽媽，跟她說我想回家」。他做出這樣的要求，鄭安然不知道該如何安慰他。

也不知道該怎麼安慰自己。

隔天早晨，父親稍稍恢復正常，父女兩個人安靜地吃早餐。父親問起她的工作情形，鄭安然說，工作內容都差不多，生活沒什麼不同。這句話倒惹了父親不悅，他提高音量大吼著：「這時代的女孩子應該積極表現，難道妳想靠男人，平庸地過一生嗎？」

有時，母親會打電話過來，詢問父親的狀況。每隔幾天，母親會去市場買菜，做父親喜歡的口味，送到醫院的門口，要鄭安然下樓拿。但母親對鄭安然說，這一生被父親折磨夠了，最近無法再見他。

「醫生說，爸爸剩下的時間不多了。」

「最後的日子，你們父女好好過吧，」母親低垂著雙眼，這麼回答：「對我，他只會亂發脾氣，其實這輩子，他心裡只有妳。」

每週一次，安然的妹妹，安欣跟著丈夫陳光和會一起來醫院探望，他們剛生了孩子，初為父母，忙得不可開交。

父親見到兩個女兒來了，便問著：「妳媽去哪了？」鄭安然用溫和忍耐的語氣應對，不正面回答問題。

在病房外，談起父親與母親的事，安欣氣著說：「不然我去跟他們說，兩個人乾脆離婚，媽媽自己重新生活，爸爸也不要天天等了，大家都誠實面對人生。」

鄭安然嘆了口氣，淡淡地說：「這些日子還不夠累嗎？算了。」

✢

出差至重慶的早晨，天空是灰色的，距離這個消費者的訪問結束，還剩四十五分鐘。

陰暗的光線裡，袁實恩坐在黑玻璃後頭的沙發上，藉由透光鏡，看著小房間裡的幾個家庭主婦，她們正在討論平日保養皮膚的方法。

「欸，我聽說了你的好消息，恭喜升官啊。」這時前方的同事小茲，轉頭對他說道。

袁實恩發出嗯的一聲，淡淡微笑。

「你們部門沒辦慶祝會之類的嗎？喝喝酒，唱唱歌，一群人胡言亂語這種的。」

袁實恩看著小茲，搖搖頭。

「咦，你怎麼看起來不是很開心的樣子？」小茲問。

「可能是累了。」袁實恩說：「這幾天覺得特別累。」

「重慶地勢高，外地人到了重慶都會覺得身體不舒服。」小茲笑起來。

「你就沒事？」

「噢，你不知道嗎？我是本地人啊。欸，你累的話，休幾天假嘛，好不容易升官了，自己也應該偷個閒，都拚這麼多年了，少拚幾天死不了。」

小茲用手機搜尋圖片，展示給袁實恩看：「你看，下個星期我排好假期，要去泰國玩。」

袁實恩點點頭，小茲站起來雙手合十，模仿泰式舞蹈，扭了幾下屁股。

「我跟老婆一起去，順便再從曼谷搭飛機，回臺灣看看她的家人，剛好她那時過生日，她老家在臺南，人人都說臺南好，適合大吃特吃的城市……。」

小茲連珠炮說了一堆，看著袁實恩傻傻地盯著他瞧，接著問：「咦，你去過臺南嗎？」

「什麼？」

「臺南，臺灣的南部城市呀？你去過嗎？」

「去過哪裡？」

「臺～南～你是怎麼啦？」

袁實恩這才回過神來：「喔，我上週去臺北出差，除了機場，會議室跟飯店以外，哪裡都沒去……。」

他看著小茲自討沒趣地坐回原先的座位，想了一會兒後，袁實恩從皮夾裡拿出幾張鈔票，是五張一千元的新臺幣紙鈔。

他把五張鈔票向前方伸過去：「難得在臺灣過生日，讓我贊助一點，給你老婆買禮物。」

小茲盯著鈔票，臉上突然露出不好意思的笑容，說：「不要吧，你自己留著用啊？」

「怎麼用？下次什麼時候再去臺灣，我都不曉得。」

「你確定？」

好像過年長輩給小孩紅包似地，袁實恩把錢塞進小茲的手掌心裡，「好不容易結婚有老婆，你要珍惜嘛……。」

✢

或許是媒體老是在講世界末日的話題，活在當下變成一種普世的生活哲學，這一年，鄭安然與張向誠的感情，逐漸穩定下來。

一開始，和張向誠的交往，鄭安然保持著距離，有時他們並不見面，只在電話裡聊天，有時張向誠會寫一張手寫的卡片，信封裡面還放著許多貼好的便利商店集點，原因不明。過馬路的時候，他的手會放在鄭安然的背後十公分，做出保護的動作，並不明顯，他會堅持那樣的手勢不放下來，直到兩人完全跨過路口。

鄭安然一直都覺得自己是個孤獨的人，凡事都得靠自己努力，不容易相信別人。儘管和一個個性差異很大的男人重新相處，需要時間調適，可也是因為這份感情維持得鬆散而低成本，又有點漫無目的，反倒出現了一些可能性。

說實話，鄭安然不曾想過會和張向誠再度走在一起。從十八歲跟他分手以後，她就開始對愛情採取隨意的策略。曾經喜歡過一些人，卻也沒有怎麼深愛過。這幾年來，最靠近她幻想的戀愛對象，其實是袁實恩，她把能給對方的機會都給了，但袁實恩從沒展現過要進一步的想法，鄭安然想著自己也不再那麼年輕，有大把的時間可以等待，這點令她有些沮喪。

她去過張向誠住的地方幾次。每次張向誠都很熱心，親自下廚做飯給她吃。張向誠話說得不好，但菜卻做得很出色，他的性格裡有一種溫熱的成分，像是一隻忠心的大狗，身形龐大，心卻小小的，不成比例，這讓他與一般的男人有所區別。

電視的談話節目裡，幾個名嘴正興高采烈地討論著馬雅文明與世界末日的關聯性。

如果世界末日就在今年年底，而每個人都有自己的打算。鄭安然想著，那麼她對袁實恩的感情，會不會只是一列沒有停站與時刻表的單程列車，她獨自坐在車廂裡不下車，獨自懷抱著不切實際的期待。

✢

這些年來，如果要找一件什麼都沒改變的事，那就是袁實恩總是習慣工作到很晚。

若是到大城市出差，工作結束後，他能找到的事情相當有限——在飯店附近散步、吹吹風，或坐在花圃的臺階上，看別人一群一群地路過（他自認為這是當地消費者觀察）。如果距離睡覺的時間還有一些，他會去飯店的餐廳用餐，一個人、一臺電腦與一杯飲料。餐廳裡總有一些跟他一樣的商業人士，整齊，孤獨，安靜，疲累。袁實恩跟他們坐在一起，嘴裡咬著著小黃瓜棒，抬頭看著懸掛在角落裡的電視，通常是無聲的畫面，籃球比賽或者是國際焦點新聞，只有小人在畫面裡運動，或是表情嚴肅的主播，搭配英文字幕。

有時候是到偏遠的、公司稱作三線城市的鄉鎮出差，往往開完會後，晚上還不到九點，路上的餐廳就紛紛拉上鐵門。這樣的話，袁實恩結束一天的方式，就改成穿著白色的浴袍跟拖鞋，待在飯店房間裡，吃迷你吧檯上的洋芋片和巧克力。二星級的飯店，連迷你吧檯都沒有，也沒有書桌，他只能穿著內褲跟襪子，一邊抓癢，一邊坐在床沿看訊號不穩的電視節目（通常床沿也支持不住一個成人的體重，他跌倒過幾次）。

最近袁實恩買了昂貴的耳機，下載了一些爵士音樂聽。他這樣做是為了讓自己感覺還像個人一樣好好活著，他想用灌進耳朵的高音質樂曲，證明自己並不是個生活裡只有工作的人，他也懂得去享受生活。

爵士樂只是一個開頭，大部分的時候，袁實恩習慣於推遲工作以外的，所謂真實的人生。比如說，直到過了兩個禮拜，袁實恩才想起臺北的事，趕緊給鄭安然回了訊息。

「抱歉，這陣子工作太忙了，上次去出差也來不及找妳，最近有計畫來香港嗎？」

鄭安然回覆：「可能是下個月二十號吧，有兩個客戶會議，機票剛訂好。」

距離下個月二十號，還有四十天，袁實恩在行事曆上標註一個只有自己知道的代號，興沖沖地開始蒐集餐廳名單，下班後，就獨自一人，這裡吃吃，那裡吃吃，不到一週就胖了三公斤。

最近，同事們都感覺到，袁實恩心情變好了，只是不知道原因。

某個夜晚，袁實恩坐在無人的辦公室裡，他舉著電話筒耐心地聽著某個年輕業務抱怨，過了一會兒，他說：「好，你的事情我了解了，不用擔心，這次的單月行銷折扣活動業績沒有達標，不是你的錯，我會跟你主管說，你需要的促銷贈品，我再多加一點給你，這樣好嗎？」

在電話的另一頭，那個業務沒有預期得到這樣的回答，他緊張地說：「怎麼可能？你真的覺得沒關係嗎？還是你只是在諷刺我？」

「你不用擔心，我來處理。」

年輕的業務無法相信自己的耳朵，行銷部對業務部，向來鐵面無情，為了確認他沒有聽錯，他又重複問了袁實恩四次同樣的問題。袁實恩告訴他一切都不會有事，一次次保證了不需要擔心，他甚至表示，這次的銷售失敗，不只是業務部的責任，行銷部門也需要更加努力。業務開始感謝他，止不住地說：「謝謝你，謝謝你，下次我會更多去跟店家溝通，謝謝你體諒我，謝謝你。」掛上電話前，他對袁實恩說：「你是個天使。」

袁實恩掛上電話，花了三十分鐘寫報告，把那個案子做了檢討，結束。

在空曠的辦公室裡，他揉著臉，自言自語地說：「我是個行銷天使。」

✢

張向誠在狹小的廚房裡做飯。

早晨的時候，他先去菜場買菜，然後出門去醫院接鄭安然回家，一起看她喜歡的鬼片。鄭安然總是這樣，自己提議想看鬼片，其實又非常怕鬼，對於這件事，她有一套自己堅持的理論，她正經八百地告訴張向誠：「鬼片就是要在白天看，接著後面做喜歡的事情，把恐怖的感覺洗掉，這樣就沒事了。」

這次運氣不好，從錄影帶店租來的鬼片很無趣，情節老套，惡靈總是出現在可以預期的地方，像公務員上班打卡一樣，一點陰森的感覺都沒有。鄭安然看著看著在沙發上睡著了，迷迷糊糊中，她渾身出汗，夢見自己是一個人，無父無母，生活在海邊的房間裡，雖然生活拮据、三餐不繼，可是她感覺到一股前所未有的自由。夢中她遠遠見到張向誠，在沙灘上，說要去抓一隻兔子。

「你為什麼要抓一隻兔子？」鄭安然問。

「因為我很適合跟兔子一起生活。」張向誠說。

醒來時，餐桌已經擺了兩道菜，鄭安然伸了一個懶腰，對著廚房的方向宣稱：「我剛剛做了一個很好的夢，你在夢裡好好笑……。」

從廚房裡走出來的張向誠，穿著圍裙，看起來有點古怪。他似乎沒有聽到鄭安然的話，直接走進廁所裡，開了水洗臉，接著開蓮蓬頭，洗起澡來，洗了很久後才頂著溼溼的頭髮走出來。

鄭安然坐在餐桌前，安靜地等著他出來吃飯，他們之間放著兩個小玻璃杯，裝著透明的液體，鄭安然喝檸檬汽水，張向誠喝白開水，光線柔和的中午，他頭髮還是溼的。

「吃飯吧？」鄭安然說。

張向誠沒有坐下來，他把手伸到口袋裡拿出一個戒指，放在桌子的中間。

鄭安然以為自己在這樣的一刻，會無法阻止自己的眼中淚光閃動，但她只是愣著。

她想起父親說：「難道妳想靠男人，平庸地過一生嗎？」又想起母親說：「這一生被妳爸爸折磨夠了，最近無法再見他。」還有那個夢，站在海灘上，張向誠說：「因為我很適合跟兔子一起生活。」

張向誠還呆站著，沒有直接跪下來求婚，也沒有開口問嫁給我好嗎，他不安地站在桌邊一會兒後，把桌子上的戒指拿起來，又繞到另一邊去，接著拋出一段古怪的話。

那段話是這樣說的：「我一直都在暗戀妳，今天突然想問，妳到底有沒有暗戀我啊？」

鄭安然低下眼，看著鍋裡的湯，是冬瓜蛤蜊。不知道為什麼，一個想法在腦海中突兀地冒出來，張向誠是冬瓜，而她是蛤蜊，是誰想到這兩樣東西，可以合起來放在一道菜裡？

第八章　二〇一三年

二〇一三年四月，波士頓的一場馬拉松，在終點線前，發生了爆炸事件。兩枚裝滿鋼珠及金屬碎片的土製炸彈，造成三人死亡，一百八十三人受傷，其中有三十人必須在現場的緊急醫療站或醫院截肢，新聞接連報導著，有位來替爸爸加油的八歲男童不幸身亡，他的姊姊也被炸斷一條腿。但跑得快些的菁英跑者較為幸運，因為提早完賽的緣故，於炸彈爆炸前，就站上了頒獎典禮的舞臺。

同年，臺灣搖滾天團五月天發行專輯，〈傷心的人別聽慢歌〉，傳遍大街小巷。香港著名男歌手陳奕迅舉行了世界巡迴演唱會，首場香港站，陳奕迅和張學友的世紀合唱，登上頭版頭條，那首歌曲叫做〈每天愛你多一些〉。

非常忙碌的一年，伴隨著電視裡的煙花消失了，袁實恩的眼光，停留在螢幕中臺北一〇一的煙火秀，七彩炫目的大樓與夜空，吶喊著新年快樂的人群，他的心情埋藏到不知道什麼地方去。

鄭安然的婚禮，袁實恩沒有出席。那場婚禮，彷彿宣示著冰河時期的來臨，他們進入一場漫長的安靜，誰也沒有聯絡誰。

一月是袁實恩的生日。三十歲結束，三十一歲的第一天，是星期一的早上。

在這一天，袁實恩決定徹底離開鄭安然。

正如邱吉爾的一句名言：「你回首看得越遠，向前也會看得越遠。」他用週末的時間從頭到尾把自己跟鄭安然的事情想了一遍，過去該發生的沒有發生，現在只能抱著遺憾向前看，袁實恩幾乎是用強迫自己的方式，下一個粗暴的決定，他要站起來去交一個新的女朋友。

星期一上午，開始工作前，袁實恩先到公司的餐廳吃早餐，他走進公司後，就特意向右轉，到茶水間泡了一杯咖啡，接著走到員工餐廳去。他之前從未這樣做過，他總是左轉直接到座位去打開電腦，但這次他要向前看得更遠。

餐廳裡都是人，袁實恩快速搜索一陣，發現了一個女孩，穿著白上衣、藍色牛仔短裙，身材偏瘦，有兩隻細長的腿。第一次交談，他沒辦法跟她講太多話，只是走過去問了一聲，妳是哪個部門的？她低聲跟袁實恩說：「研究部門。」然後他們攀談了兩分鐘，袁實恩知道她的名字叫芬妮，對行銷部門有憧憬卻遲遲沒有機會轉任，接著他把自己的名字跟電話，非常老派地用黑色墨水的原子筆寫在餐巾紙上，他跟芬妮說，週六有一場代言人的粉絲見面會，是我負責的品牌活動，有時間的話，妳可以來參加。

✣

後面的日子，袁實恩與芬妮，不只是週末，他們在平日也開始見面。剛開始時，袁實恩沒有立刻展開追求攻勢，但對戀情的態度已經比往常積極許多，他關心最新上映的電影，練習提出單獨赴約的要求，約會前，他會提早出門，特意去洗車場一趟，把車子洗得亮亮的。他盡可能地用行動表明態度，訂花，接送，買禮物，不讓女生有機會說出：「我們還是當朋友比較合適。」這樣的語句。

不只如此，袁實恩也為這場戀情，如產品上市的行銷計畫一般，訂定了確切時程，他寫了一份簡報，標題為二〇一三，存在電腦桌面。

頻繁見面了一個月後，時程表便往前推進到下一步。一天晚上，袁實恩鼓起勇氣，到芬妮家的那棟大樓，跟警衛打了招呼，上了電梯在門口等她。芬妮出來的時候，袁實恩擋住路，扶著對方的腰，要她再轉身進去家門。

「這是做什麼？」芬妮問，袁實恩不說話，只跟在她後面走，兩人貼得很近。然後他看著她，把她推在玄關的轉角牆上吻她，芬妮輕輕地說：「你這個人……。」她沒有抗拒，芬妮回吻了袁實恩，那個吻有答應的成分，因為袁實恩感覺到她的手，悄悄滑過了他的下半身。

他們正式交往了。簡報的第一欄上了綠色的底色，標上黑色的勾勾。

三個月過去，他們還沒有做愛。報表的某一格為黃色底色，三角形標示。袁實恩一邊吻她，一邊隔著衣服撫摸她的身體。他盡可能溫柔地撫摸她的身體，同時也盡可能地說服自己再往前一步。

情況變得有點奇怪，每次約會結束，袁實恩送芬妮回家後，上床睡覺前，他都在浴室裡自慰，有時甚至做了兩次，袁實恩手淫的時候，心裡並沒有想著芬妮，他覺得一邊做那事，一邊想著她很不好意思。

鄭安然父親過世的那一天，是星期二，她正在距離醫院的一個街角外的飲料店買布丁奶茶。電話響起來，她捏著號碼牌走到旁邊接，是護理站打來的。「二十三號，布丁奶茶，大杯半糖哪一位？」她說不出話，感覺喉嚨被刀割斷。

把父親的大體送進殯儀館的冰櫃後，回家時已經是深夜，鄭安然一言不發地走到浴室，用熱水淋浴，水溫很高，使她的大腿發了蕁痲疹。她的記憶變得很片段，安欣說了什麼話，母親有沒有流眼淚，她都不太記得。

她一直都是那個要接受任務，使命必達的孩子。父親火化那一天，棺材推進火化場，轟地一聲，她感到解脫。

接下來的幾個月，鄭安然突然病得很厲害，每天她都覺得疲倦不堪，隨時隨地想躺下來，精神不濟，消化不良，只要待在家裡的時候，她都穿著內褲跟大號的T恤。母親說，爸爸已經走了，妳也要放下，還有，妳都長這麼大了，少吃一點巧克力蛋糕跟奶昔，吃那麼甜對胃不好。

對於這點，張向誠倒是很寬容，「妳喜歡吃的就多吃一點。」他每天會在固定時間打電話，詢問鄭安然晚餐想要吃什麼，接著騎車帶她在夜裡出門走走。除了鄭安然過度的懶散疲憊以外，他們的生活就跟一對再平常不過的新婚夫妻一樣：出門看電影，去簡單的牛排館吃飯；早上量體重，鄭安然驚覺自己胖了好幾公斤，才發現張向誠偷偷站在後方，用他的腳趾壓著體重機，增加了重量；晚上睡前，他們相互擁抱互道晚安。儘管他們住的房子是租的，只有一個房間，廁所小得容不下兩個人同時在裡面。

張向誠的工作賺不了很多錢，買家電時還為了可以選擇六個月的無息分期付款，辦了新的信用卡。這點鄭安然的母親曾經有點微詞，她說：「妳怎麼替妹妹安排了好老公，自己卻沒有想好呢？」

有時候鄭安然會想，她是故意選擇了一個與父親那麼不同的男人，讓她不用活在時時奮發向上、膽戰心驚的人生裡，她安排得很好。

月經停了三個月後，鄭安然才發現自己懷孕了。

✣

某個週三晚上，阿虎打電話來，神祕兮兮地說：「我這週在香港出差，這星期五晚上不在，要去朋友家打牌。你跟芬妮要不要來我的酒店住？」

「我沒事幹嘛去你的酒店住？」

「趁朋友不在酒店時，跑去他的房間打炮……。」阿虎用一種狡猾的口氣說：「特別有情趣啊。」

星期四，袁實恩跟芬妮說起這件事，「要不要去文華酒店住一晚？聽說那家的早餐很好吃。」

芬妮說好。

這些日子，跟芬妮在一起時，吃飯，散步，談天，令袁實恩感到平靜。儘管世界正陷入混亂的局面，波士頓馬拉松的爆炸案，被視為恐怖攻擊，在不清楚此次爆炸事件的肇事者之前，幾個大城市的機場宣布提高警戒層級，NBA球賽與交響樂團的表演也紛紛取消。但同一時間，這個世界對袁實恩有了一些善意，他的生活不再只是被重複與失望填滿，他不再感覺無人認領。

交往滿四個月。

那天和芬妮說好要去飯店過夜之後，每過一分鐘都讓袁實恩更焦慮。袁實恩盯著桌面上的簡報，他渴望做愛，也想要做對，但面對芬妮時，卻有種中學生要面臨期中考的感覺。

雖然袁實恩不常喝酒，但他還是仿照電影裡面演的那樣，為浪漫情節做好準備。他去賣場買了一瓶香檳，一些沙拉和麵包，跟一張有浪漫封面的音樂CD（阿虎說過，正確的食物搭配正確的音樂，命中率百分之百）。

週五下班後，他們沒有真的抵達飯店房間，就做了。

在車裡親熱時，袁實恩第一次觸摸到芬妮溼軟的身體，看著她爬到後座，脫下洋裝，半透明的黑色絲襪，露出特別挑選過的，蕾絲的胸罩。當芬妮張開大腿時，一股熱氣跟寒意，同時在他身體裡拉鋸，袁實恩停了下來，與芬妮對看，沒有人講話，氣氛很尷尬，她臉漲得紅紅的。

「你不想嗎？」芬妮怯懦地問。

「我想。」袁實恩好像說了實話，又說了謊話，他像機器人一般，短暫當機，開關重啟後又迅速動作起來。

那天晚上，扣除掉車裡的一次，他們在阿虎的客房裡，乾淨的沙發跟床單上，又做了兩次。

事後，回想起這一段，芬妮發出的聲音，她主動的態度，激烈搖動的身體，袁實恩感覺自己像個牛郎。這個想法很糟糕，所以他告訴自己不應該這樣想。

「她是我的女朋友，我是她的男朋友。」

二〇一三的計畫來到了重要的里程碑，下一步，他必須毫無保留地愛著對方。

✢

十二月，鄭安然出現在香港辦公室。

她挺著一個大肚子走進會議室，同事紛紛向她恭喜，問候聲此起彼落，袁實恩倉皇地站了起來，替她拉椅子。

「不麻煩，不麻煩。」她說，帶著一個淺淺的笑容，她還是一樣，不好意思的時候，會把詞彙重複說兩次。

「好久不見。」鄭安然對袁實恩說，「你都沒變。」

袁實恩讓了一個中間的位子給她坐，還特地喬了一個角度，他團團轉地忙著張羅投影機，給她切了一小塊蛋糕，替她倒水喝。

「欸，今天這個會，你是重點人物，我只是來旁聽的啊。」鄭安然看他一眼，低聲道。

聽了這話，袁實恩才安分地坐到對面去。

中間發生了什麼，都不太重要了，會議結束時，鄭安然站起來，突然破了水。

「太早了。」她說，一臉疑惑，表情像個解不開數學題目的小學生，「現在還不能生啊。」

袁實恩叫了車，讓鄭安然坐在車子的後座，帶她去醫院，她的側臉有種堅毅的神情，好像面對著千軍萬馬，獨自一人要上戰場。

香港島下了場細雨，她的髮絲有幾根是溼的，微微彎了起來。醫院到了，他抱著她上輪椅，她的裙子有一塊是溼潤的，透著淡淡的粉紅色，沾到他的前臂，她難堪地想遮蓋住。

袁實恩握著她的手，他替她填寫初診資料，心裡很害怕。

護理人員說他不是親屬，不能跟著進產房。

「可是她聽不懂廣東話。」他說。

「這是規定。」護理人員說。

「她只有一個人在這裡，沒有家人，她聽不懂廣東話。」袁實恩又重複說了一次。

護理人員很凶：「聽不懂廣東話的是你。」

✣

孩子生下來了，沒有哭聲。非常炎熱的下午，最後一場的賽馬跑完了，醫生說孩子的狀況不好，週數太小，身軀小小的嬰孩全身都插滿管子，躺在保溫箱裡，他隔著玻璃湊過去看，額頭很皺，眉頭以上有一片紫色的斑塊。

接著是鄭安然被推了出來，昏昏沉沉，她眼角有淚，他拿了口袋裡的手帕替她擦。

「先生，請通知她的家人，請他們趕過來，越快越好。」醫師壓低嗓子說，「後面可能有更壞的消息。」

她堅持寶寶有睜開眼，然後又緩緩閉上。

「有睜開眼睛就是活著的吧？」她問。

他點點頭，「是活著的。」他說。

那是袁實恩第一次打電話給她的丈夫。

「為什麼會這樣？跌倒了嗎？被什麼東西撞了嗎？怎麼會發生這樣的事情？我就叫她不要出差，她不聽……。」

電話上的丈夫問了很多問題，袁實恩普通話不好，雖然聽得懂問題，但回答得很吃力。

護理師來了，替鄭安然檢查子宮的收縮狀況，在病房裡陪伴的袁實恩趕緊轉身背對著他們。

「你去買一些產褥墊，知道是什麼嗎？接惡露用的。」護理師說。

她醒來了，帶著痛楚，支著身體坐得斜斜的，「別讓他去買，他只是來幫忙的，我，我可以自己想辦法。」

護理師突然笑起來，先是一個護理師開始笑，接下來是兩個。

「笑什麼？」他有點不高興。

護理師說：「她，明明聽得懂廣東話啊。」

「聽得懂少少的。」她對著護理師微微笑了一下，接著用廣東話回答：「少少。」

在場的女人都笑了，好像很輕鬆愉快的樣子，但袁實恩不知道為什麼覺得好生氣。

沒多久鄭安然又昏沉睡去，他去買了產褥墊，還有一些產後的用品。

他一下子買了很多，結帳時雙手幾乎沒辦法拿，只好用嘴巴接著信用卡。

他被婦嬰用品的店員笑著問：「先生，這家醫院裡，你究竟是有幾個老婆生孩子啊？」

第九章 二〇一四年

一臺載有二百三十九人的馬來西亞航空三七〇號航班，離開吉隆坡國際機場，兩小時後，飛機從雷達中消失，就此失聯。儘管多國提供協助，在空中及海面進行搜查，但並未找到失聯客機任何殘骸與罹難者屍體，過程中，馬方提供的信息前後矛盾，導致搜索地點不斷變化，一無所獲。

記者會上，馬來西亞首相納吉推測該起事故屬人為造成，通訊系統被有意切斷，包含正副機師、乘務員、乘客皆被列為調查對象。

同年七月，另一架馬航 MH17 號航班，在俄國與烏克蘭邊境一萬米高空，被導彈擊落墜毀，機上二百八十三位乘客和十五位機組成員全數罹難，該次空難是二十一世紀以來死亡人數最多的空難。

這一年，對很多人來說，都帶著一股隱隱約約的，不明墜落後的不祥感受。

鄭安然醒來時，張向誠已經在病床邊，他帶著一張幾乎要哭出來的臉，泛紅的手指裡捏著幾張文件，看起來很弱小。

「小孩呢？」鄭安然問。

「在加護病房，你同事，那個男同事說，醫生建議要轉去大一點的專門醫院，照顧早產兒的……。」

鄭安然把沉重的身體支撐起來，示意要拿手機，張向誠從她的包包裡找出手機遞上。她按了號碼，電話鈴聲在門外響起，袁實恩走了進來。

穿著灰色襯衫的他，臉上冒出短短的鬍渣，袁實恩拿著鈴響的手機看向她，抿著嘴，喉結動了一下，但沒有說話。

這一幕，鄭安然記得很清楚。

他們三人在一間病房裡。

張向誠是孩子的父親，袁實恩是她愛過的男人。

這個男人在花蓮時，吻她的時候，穿了同樣的一件衣服，臉上也帶著鬍渣。

✣

張向誠收到護理站的通知，去樓下的櫃檯辦轉院手續。袁實恩讓鄭安然蓋上外套，坐上輪椅，推著她去看嬰兒。隔著玻璃窗，嬰兒躺在保溫箱的中間，戴一頂白色的帽子，全身光溜溜地，沒有穿衣服，胸口與臉部都插著幾根管線，連到不同的地方，他們隔著遠遠地看。

鄭安然沉默著，理智與驚慌止住了眼淚，她轉過頭，卻看見袁實恩也紅著眼眶。

病房裡，稍晚一點時，芬妮也來了。

「妳好。」

「妳好。」鄭安然對她點點頭。

她看著芬妮，芬妮也怯怯地看著她。這是兩人第一次見面。

鄭安然看向袁實恩道：「謝謝你們的幫忙，這次麻煩你們這麼多，真不好意思，天都晚了，快回去吧。」

袁實恩找不到繼續留下的理由，他與芬妮兩人離開後，整個房間安靜下來，鄭安然有股想哭的衝動，壓抑不住，她便讓自己哭了一陣子。

接著有人敲門，鄭安然壓住自己的眼睛，說了請進，穿著灰色襯衫的袁實恩，拿了一盒披薩進來。

「我在想，你們等等有空，可以吃點東西……。」

「芬妮呢？」

「她在樓下等。」

這時恰巧，張向誠也走進病房，他灰頭土臉，手上拿了許多收據單子，見了披薩，立刻露出放鬆的笑容。

「喔，這個我一看就流口水了，欸，大家都來吃，你也吃一點。」他打開披薩的盒子，順手撕了一塊遞給袁實恩。

鄭安然想阻止張向誠的邀請，但袁實恩立刻拉了一張牆角的板凳，坐下拿了披薩，三人就這麼圍著一圈，吃了起來。

一邊咀嚼食物時，張向誠開口：「醫生說，順利的話，明天下午就可以轉院，我們坐救護車過去。」

鄭安然點點頭。

袁實恩接話：「那我明天也來幫忙。」

此時，鄭安然與張向誠同時開口——

鄭安然說：「可是你明天不是要上班嗎？」

張向誠說：「那這樣就太謝謝你了。」

袁實恩露出微笑，他選擇性地向張向誠點點頭，暗中在心裡感謝這位丈夫的單純與大方，願意接受一個陌生男性友人的幫助，若是角色互換，他或許做不到。

拿起遙控器，張向誠打開體育臺，NBA的賽季打到一半，他興致盎然地觀看著一個球員衝向籃下，閃過三個防守球員，順利得分。

「這就是動物性直覺，」張向誠說：「他根本沒有想就知道怎麼做，他根本不用想就做了最好的選擇。」

「你說什麼？」鄭安然問。

「人沒有動物性直覺是當不了ＮＢＡ球員的。」張向誠直接給了結論：「妳以為球員是聽了誰的意見，還是想起哪個數據才知道要怎麼跑的嗎？他只憑當下的感覺，好帥啊……。」

說完這段話，張向誠又熱情地遞過來一塊披薩，袁實恩把袋子裡的汽水瓶打開，裝到紙杯中，鄭安然挑掉鳳梨說不想吃，全都丟到張向誠嘴裡去。外頭的霓虹招牌，映在窗簾上閃爍。若去掉醫院的白牆、扶手，與消毒水味道，彷彿只是一群平凡的朋友聚餐。

袁實恩吃著吃著，直到把殘留的盒子與飲料瓶收到袋子時，才想起芬妮已經在樓下，獨自等了三十分鐘。

✢

人是一種奇特的動物，有很多事，往往得等到事後回想起來，才能感到其驚險之處。

鄭安然不知道，她進了醫院的門後，就因為大量失血昏死過去，當時袁實恩抱著她，在急診室大廳喊了救命，那時的袁實恩很絕望，慌忙時踩到了地上羊水與血水的混和液體，重重跌倒在地，摔斷了兩根肋骨，但他拒絕進一步的檢查。

而袁實恩本不知道，鄭安然肚裡原有兩個孩子，是一對雙胞胎，後來一個在胎盤剝離時死去，另一個透過緊急剖腹，才勉強活了下來。她在手術房裡待了十四個小時，兩個嬰兒經歷了五次電擊。當醫師步出手術室，表示必須放棄搶救其中一個時，袁實恩的眼前一黑，耳朵嗡嗡作響。

張向誠步入醫院時，也是一臉茫然，他不知道的事情很多，但他習慣過去的事情便不去多想。十分鐘前，他與袁實恩從婦產科的加護病房，移動到小兒加護病房，兩人站在玻璃前面。

一位醫師走過來，向他說明後，張向誠分別在一張出生證明書與一張死亡證明書上簽了字。

袁實恩說：「我很遺憾。」

張向誠搖搖頭，他嘆了一口氣，「至少簽的不是安然的死亡證明書。我們還有一個寶寶，這樣的結果，已經很好了。」

✢

轉院後，鄭安然活下來的孩子，住了八十五天的加護病房。

保溫箱中嬰兒的身體好小，皮膚也薄薄透著光，彷彿裝在量杯裡的果凍。

白色的牆壁，窗外是異地。

出院結帳時，需要支付的金額龐大，張向誠坐在冷硬的藍色塑膠椅上，打電話詢問保險公司，他在筆記本上胡亂寫下了一些應注意事項，表情看起來很疑惑，而袁實恩趁張向誠沒注意，用粵語跟櫃檯說，請將費用拆成兩張，自己付了一部分的錢。

將母子安定下來後，張向誠因為工作，選擇週間時回臺北，週末再搭機來香港。

鄭安然的母親提議來香港照顧女兒，被鄭安然拒絕了。

「我沒事，是孩子還需要住院觀察，要做的事情也不多，我可以自己來。」鄭安然說。

她需要找個地方住，袁實恩替她在醫院附近，找了一間九坪的小套房。

星期一到五，上班前與下班後，袁實恩就會過來看看她。

日子很安靜，他們一起吃早餐，一起吃晚餐。那幾十天，袁實恩像個月嫂，忙著替產婦坐月子，鄭安然吃遍了香港小攤的魚蛋、燒賣、煲湯、三明治、奶茶、叉燒包。

得空時，袁實恩連午餐時間，都送飯盒來。

週六與週日，當張向誠來訪時，袁實恩就如人像後面模糊的背景一般，緩緩淡出，他會去醫院看看孩子，偶爾還參加一些新生兒照護的講座，自我學習。那些講座裡，袁實恩總是坐在最後面，認真抄筆記。有一次，主題談到產後夫妻的性生活如何順利進行，主講人要大家舉手，談談自己遭遇的經驗。「別害羞，我們都是同艘船上的男人。」主講人笑著表示，並且鼓勵聽眾發言，聽眾彼此對看，露出心照不宣的笑容。主講人又問：「還是我點人回答？」

袁實恩立刻站起來，從後門逃走。

星期一到五，是袁實恩，星期六跟日，是張向誠，這樣一分為二的生活，鄭安然當然覺得有點奇怪，可是她已經無力去思考。當下她只有兩個選擇：一，好好守住貞節牌坊，跟袁實恩說清楚，請他離開，自己獨力照顧新生兒。二，接受所有的好意，不排除任何一個人，不去多做揣測。

她以為自己會為此掙扎很久，但其實沒有，當了母親之後，她不能只以自己的角度想，需要把嬰兒的福祉也算進來。日復一日，她打開門，報以微笑，讓男人提著大包小包的食物與日常用品走進來，加熱，冷藏，清潔，收納。她在小小的房間裡擠奶，偷一點時間閉上眼睛休息。她想著，與其把袁實恩當作一個別有居心的男人，不如把他看成老天爺派下凡的天使或是駐守在香港的神。

舉個例子。有次他們一同出門，遇到一個阿伯牽著一隻瘋狗，不知道是不是瘋狗看見鄭安然袋中的食物，奮力掙脫了狗鍊，直直地向她衝過來，袁實恩一把抓住那狗，狗狠狠咬了他一口，袁實恩迅速朝牠的鼻子打了一拳，狗嗚嗚叫了兩聲跑了。

那時鄭安然知道自己需要袁實恩，大狗出現的時候，她不能依靠另一個在海的另一邊，只能在假日搭機入境的男人。

✣

一個週三傍晚，袁實恩提早下班，他在房門外按了電鈴，穿著大件白襯衫的鄭安然開了門。吃過晚飯後，她斜躺在沙發上。他看著她身上的毯子，是摩卡咖啡的顏色。天暗了，袁實恩把一盞立燈打開。

「好安靜，」鄭安然說：「香港什麼時候變得這麼安靜？」

幾個小時後，窗外下起傾盆大雨，百葉窗很老舊，感覺雨水隨時要傷害這棟房子。

袁實恩看著鄭安然，看著她的右手塞在自己的頭髮下方，她翻著雜誌，呼吸的聲音淺淺的。

如果重新來一次，他第一次就不會讓她離開，他會在雪梨動物園，抱完無尾熊後就找她吃晚餐；他會在上海拍廣告時，坐在她身旁輕輕搭著她肩膀；他應該在花蓮時就繼續那個吻，順勢進去房間裡。如果重新來一次，他會把這些機會把握住，拋開那些顧慮、禮貌和等待，他會一次就做好。

「你在想什麼？」鄭安然問。

「沒有。」事實上，袁實恩想像著他們做愛，然後抱在一起睡著。如果可以的話。

鄭安然去房間擠奶，準備送去醫院，他趁這個時間煮了咖啡，也倒了一杯熱牛奶給她。

「咖啡需要奶精的話，這裡有人奶提供。」鄭安然靠在門上搖了搖奶瓶，她說完這個玩笑，立刻懊惱地抓抓眉毛，有點後悔的樣子。

「加護病房的探訪時間還沒到，不如妳睡一下吧，等等我會叫妳。」袁實恩說。

鄭安然睡了。

叫醒她之前，他站在臥房的門邊看著她。

如果鄭安然屬於他，袁實恩就可以坐在床邊，輕輕撥開她臉上的頭髮。

鄭安然緩緩睜開眼睛，坐起身來，她的眼神很迷糊，一邊的側臉都是睡痕。

如果鄭安然屬於他，袁實恩就可以吻她的額頭，或許她會靠在他的胸口，再睡一會兒。

但現實的世界裡，袁實恩對她說：「探病的時間到了，走吧。」

愛著別人的女人，只能一臉無事，故作輕鬆。

✢

鄭安然在收拾房間，靠在黑色的書櫃旁，她仔細地點算鈔票，把房租放進一個米黃色牛皮信封裡。

港幣的樣式，似乎是幾家銀行在不同的時期設計的。鄭安然偏著頭看，覺得有點意思，有維多利亞港的景色，灣仔的展覽館大樓，還有一些表情很嚴肅的動物，是龍嗎？還是獅子？

袁實恩從後陽臺走出來，拎著兩個黑色的垃圾袋，準備拿下樓，「還有其他需要丟的嗎？」

鄭安然搖搖頭，她望著單人椅，接著環顧四周，一房一廳都乾乾淨淨的，只有一個靠近門邊的角落，有兩個大型行李箱，像剛搬進來的第一天。

晴天，她坐在袁實恩的車子後座，身旁是一個提籃，裝著剛剛從醫院接出來的嬰孩，鄭安然將信封塞給袁實恩。

「這是什麼？」袁實恩問。

「房租，食物，還有小朋友辦護照、買東西的錢。都不知道要怎麼謝謝你。」

「妳拿回去。」袁實恩坐在駕駛座，眼睛直視前方，只把拿著信封的手勉強地拉到後座，「我不收這個。」

「你不能不收。」鄭安然說。

在晃動中，米黃色的信封打開了，掉出了護照。

「咦？」鄭安然叫了一聲。

「怎麼了？」

「哎，我給錯了信封，這裡面裝的是我的護照……。」

鄭安然趕緊在包包裡翻找，又拿出了另一個米黃色袋子，「這個才對。」

從後照鏡，她看見袁實恩笑了，「欸，不好意思。」

「唔好意思。」鄭安然又用粵語再說了一次。

袁實恩搖著頭，「早知道就把妳的護照扣了，讓妳跟寶寶留在香港好了。」

孩子發出咿咿呀呀的聲音，彷彿也在回應著。

鄭安然跟著放鬆地笑起來，她揉著頭髮，透過後照鏡對著袁實恩說：「我對未來想過很多事情，但真的沒想過，會這樣跟你一起，生一個孩子。」

✢

看見張向誠從對面來了，代表鄭安然要走了。

在機場，他們夫妻倆，抱著一個小嬰兒，張向誠用牙齒咬著護照，中午他才獨身從臺北飛過來，接著就要帶著妻小回臺北。

在登機櫃檯旁，鄭安然拿了一個袋子給袁實恩。

「不知道你缺什麼，有次在街上看到這款毛衣，感覺很適合你，三個顏色我都買了。」

「朋友一場，不用這麼客氣。」袁實恩說。

張向誠沒頭沒腦地問：「這裡的廁所在哪裡？」

「那裡。」鄭安然指了一個方向，但張向誠還是瞇著眼睛，他疑惑地問：「哪裡？」

袁實恩帶著他去洗手間，一路上，張向誠都在打哈欠。

「很累嗎？昨天沒睡好？」

「是啊，都沒睡。」

「是不是突然想到要帶著小孩回家了，所以睜著眼睛到天亮？」

張向誠搖搖頭，他給了一個很奇異的答案，「不是因為這個，是馬航啊，半夜摔了一架飛機，你知道嗎？昨夜我看了好久的新聞，看到早上都沒睡覺……。」

張向誠睡眼惺忪，袁實恩實在看不出來，這個男人能不能好好照顧鄭安然和孩子。

「在臺灣，你們找好保姆了嗎？」

「回去再看看吧，遇到這種事情，只能邊走邊打算……。」

在小便斗自動沖水的時候，張向誠走向洗手檯，他用水潑了自己的臉，突然轉頭對著袁實恩說：「忘了跟你說，再給我幾天，之前醫院的錢，我會還你。」

「你是我見過最好的人，在那之前，我都以為香港人很冷漠。」

見袁實恩愣在原地，張向誠抱了他的肩膀一下。

「謝謝你，我都跟安然說，小孩應該要認你作乾爹的。」

第十章 二〇一五年

夏日明朗的夜晚，一座水上樂園舉辦了彩色派對，發生離奇的火災案件。

據了解，起火原因為派對中的工讀生，將彩粉噴向舞臺時，卻被燈泡引燃。火災發生前，派對活動現場已使用三公噸的彩粉，因此舞池區地上已堆積厚重的粉塵，達到可燃濃度，恰巧遇上燈泡高溫表面引燃，紅色火光向上飄出，火光便瞬間引燃。

一開始，原只是小範圍著火，但工作人員使用二氧化碳滅火器，卻反把大範圍已沉澱的粉塵攪動起來。噴射氣流揚起彩粉，滅火反成了助火，令零星火頭演變成一片火海。

教人遺憾的是，由於派對現場的群眾幾乎皆身著泳裝且赤腳，以至於全身上下都暴露在火焰中，四百九十九位傷者中，有二百八十一位的傷患，達到百分之四十以上的燒燙傷面積。

怎麼就這麼像個來自地獄的玩笑呢？

烈火燒起來的時候，人們正好近乎赤裸，只穿著泳衣。

照顧早產兒，並不容易。

一開始，鄭安然的孩子檢查出有腦傷。

「腦出血第三度，出血點在腦室內，腦脊髓液增加過多，造成了腦部腫脹，可能會損傷一些腦神經組織。」醫生指著一張X光的片子說明著，鄭安然來不及聽清楚所有的字，只聽見好幾個「腦腦腦」的相關字句不斷重複著。

醫生說，到了這個時候，救與不救都有代價，不救，胎兒會立即因水腦而死亡，救了，也可能出現影響終生的併發症，嚴重的話，孩子會癱瘓，即使是最好的狀況，孩子也還是可能無法像正常人那樣長大、行走、言語，甚至前幾年，光是進食都是挑戰。

鄭安然望向保溫箱的嬰兒，他的身體水腫，眼睛被白色的紗布蒙住，看不出表情。「請救他。」鄭安然說，「我希望能救他。」醫師望向張向誠，他也在一旁著急地點著頭。

那些日子，鄭安然活著，只看三天的份量，昨天今天跟明天。她強迫自己不回頭反省當初導致早產的原因，也不去想未來三到五年的事情。兩個多月後，奇蹟出現了，孩子的腦部超音波顯示，血塊逐漸被組織吸收，孩子的眼睛睜開，聽到叫喚，也會轉頭，試圖伸手抓住鄭安然的手指。

接著他們回到臺灣，問題開始往下走，從腦部轉移至腹腔，四個月的時候，小孩發燒了好幾天，奶也餵不進去，送到急診時，醫生懷疑是細菌感染，造成腸子發炎壞死，肛門糜爛，分好幾次的手術，切掉了五十公分的小腸，做肛門造口，才不到半歲的嬰兒，開腸剖肚，小命才保住。

為了這個，鄭安然又多請了六個月的育嬰假，躲過了第一波公司公布的裁員名單，她的主管約了她吃飯，她給出承諾，等到半年後，時間到了，她會準時銷假回來上班。

與主管的晚餐結束後，鄭安然拖著疲憊的身體，脹著石頭般堅硬的乳房，在雨中漫無目的地走了一陣子，回到家裡時，已經是晚上十點鐘。

一打開大門，張向誠就著急地問：「妳看過今天的晚上新聞了嗎？」

鄭安然搖搖頭，她直接走進臥房裡，看了一眼熟睡的孩子，接著無力地癱在床上，解開上衣，準備擠奶。電動幫浦發出規律的機械聲響。

「有你們公司的新聞，仙人跳，鬧得好大，一個女生可以騙那麼多人錢，也真的是很誇張……」張向誠絮絮叨叨地說著，好像在跟自己說話：「晚上家裡的電話響了好幾次，有不認識的人打來，妳妹妹也有打來，連爸爸媽媽都打來問，這件事安然知道嗎？她知道多少，有沒有牽扯在裡面……。」

見鄭安然沒有反應，張向誠問：「妳很累嗎？還是身體不舒服？妳看起來臉色不好，要不要去給醫生看一下？」

「明天再說吧。」

「所以這件事，妳什麼都不知道嗎？」張向誠又問了一次。

「我不曉得你在說哪一件事。」鄭安然裸著上身，胸前蓋著兩個透明的塑膠罩子，連接著一臺吸奶器，奶水透過乳頭，一束一束地噴入奶瓶中，她既疲憊又困惑。

「沒事，沒事，那妳還是休息吧。」張向誠把燈調暗，悄悄地走出房間。

過了一會兒，她感覺舒服多了，走進客廳，見張向誠還坐在電視前面，「你剛剛說什麼新聞？」

「就是有個女的，利用自己的美色，在你們公司騙了幾個高級主管上床，再跟對方勒索，若不成，她就控告性騷擾，得手了好幾億，聽說公司在協調過程中，也有出封口費試著擺平，後來她還找上政治人物，好像是一個立法委員的樣子……」張向誠拿著遙控器，在各臺轉來轉去，他停了下來，指著電視說：「還有這個，這個人不就是妳以前的老闆嗎？他老婆以前是電視主播，現在出來開記者會講，當初她先生也是為了這個女的才上吊自殺，現在公司代表出來做聲明，極力否認，說這件事與他們無關，完全是員工的個人行為，什麼無法干涉私人領域……。」

「什麼？」鄭安然不可置信地瞇起眼睛，她站得非常近，幾乎是靠在電視前，看著新聞報導。

新聞出現了辦公室大樓，與大老闆當時的喪禮畫面，她想起那個在公司樓下逢人便問的太太，幾年過去，她的頭髮剪短了，面容變得蒼老，「這些事我放不下，想到我的先生被一個女人設計害死，就像噩夢一樣，糾纏著我……。」

張向誠低下頭來，他想了十秒鐘才開口：「晚上有媒體打電話來，影射這個女的是妳……。」

「我？」

「從停車場、飯店，還有餐廳，有幾個監視器畫面流出，那個女的樣子，長得有點像妳，還有一些不知道哪來的線索跟證據，一直有人爆料……。」

鄭安然壓著鼻梁，不可置信地瞪著電視，不說一句話。一陣子後，她想起什麼似地，忽然開口：「你剛說安欣有打電話來？」

張向誠點點頭，他補充道：「他們一直打來，問妳的事，小孩都被吵得不能睡，我只好把電話線拔掉了，我什麼都不知道，根本想不出來要跟媒體說什麼……。」

他說完這段話，看著鄭安然的臉，她一臉茫然，像是山間轉彎處，被疾行的車燈照到的小動物。

鄭安然打電話給妹妹，安欣很快地把新聞的內容跟她說了一遍，其中包括了媒體暗示鄭安然多年來，仗著自己的年輕與美貌，以一個小職員的身分，扮演雙面性格，做出居心叵測的行為，勾引，性行為，勒索，獲取金錢。「我相信妳，不過這陣子，妳要保護自己，不要多做回應。」掛上電話前，安欣再次強調：「姊，怎麼樣我都信妳。」

夜深了，鄭安然看了一陣子電視，接著走到房間去，她輕輕地推開房門，張向誠背對著她，坐在書桌前，一言不發。走近一點時，鄭安然發現他愣愣地盯著全家福的相框。

「欸，」張向誠轉過身來，他的眼眶充滿血絲，看著鄭安然，「那些事是真的嗎？妳直接跟我講沒關係，妳就直接講……。」

在嬰兒床裡的孩子咿咿呀呀地低聲哭了。

「當然不是真的。」就在她以為人生不能再更狼狽的時候，居然發生了這樣的事。鄭安然把嬌小身軀的嬰兒抱起來，她想起明天一早，要帶他回診做早產兒發展評估。

「可是妳為什麼會在那些監視器畫面裡？」

「我不知道為什麼會這樣，但你要相信我，難道你也覺得那是我嗎？」

孩子再度睡去，鄭安然試圖觸碰張向誠的肩膀，被他躲開了。

✢

得知新聞內容後，袁實恩急得像熱鍋上的螞蟻。

他打電話給鄭安然，對方沒接。他打給小語，第三次的時候，小語接了。電話線上，是長達半分鐘的沉默。

「主動打電話的人，應該要負責先說話吧。」小語淡然地說。

袁實恩吐了一口氣，他環顧自己所在的位置，他的臥室總是保持著一個幾乎完美的狀態，衣服很少，鞋子只有三雙，他讓自己的生活中，所有的東西都有自己的定位與用處，以他能理解的方式排列整齊。他喜歡簡單而安全的人生，簡單安全的人生也喜歡他。

袁實恩不說話，他思量著打這通電話，或許有些衝動了。

「我們現在在幹嘛？」小語問。

「我看了新聞，」袁實恩乾燥的喉嚨，勉強擠出幾個字：「那是妳對嗎？新聞畫面，監視器拍到的人，我看了好幾次，是妳吧？」

「你為什麼要關心這個呢？」

「我只是覺得，現在媒體全追著鄭安然跑，這樣不對，妳應該……應該……。」

「這些事情應該還是不應該，都是我跟安然之間的事。」小語冷冷地回答，「必要的話，我會去跟安然解釋。」

「喔。」

接著陷入一段沉默。

「妳為什麼……。」

「那你又為什麼？」小語的聲音既冷淡又帶著不耐，她接著說：「袁實恩，你跟安然的事，這麼久了，你想替她做點什麼就去做，一大早打電話給我，有什麼用呢？」

小語說完這句話後，就掛了電話。

✣

小語的全名，叫做羅語凡。至少她自己是這樣記得的。

初步入職場的時候，她沿用小時候，依照中文名取的英文名字，叫伊凡，後來一場不太好的戀愛，讓她不想再使用這個名字，便改成一個與中文名毫不相關的英文名，叫做艾莉。

工作上，她發現自己的能力有限，與那些名校畢業的學生，或是從國外回來，隨口都能嘰嘰喳喳說一大套英文的同事，都無法競爭。一開始小語感到很無助，做了許多補強的工作，但很多事情，並非一蹴可幾。

小語從小就沒有父親。從出生後，她就和母親與外婆住在一起。「雖然沒有爸爸，但是我跟外婆都用加倍的愛，在愛著妳喔，所以那些外面的閒言閒語，都不用去聽。」母親總是這樣說，她很早就對男人失去了所謂的信心，也刻意去忽略小語因為父親形象的缺乏，所造成的匱乏。

那一場不太好的戀愛，算是小語第一次全心投入的感情。對方是辦公室裡的業務主管，四十二歲的男人，或許是天天晨跑的關係，看起來只有三十出頭，他的容貌斯文，正在協議離婚，戴著一副價格昂貴的金屬框眼鏡，皮膚幾乎沒有毛細孔。小語一開始就處於弱勢，實際年齡上，她跟他相差了二十歲，心智上，或許更多。

那時候的小語才剛大學畢業，生活中只有單純的工作與吃喝，遇見男人時，她才開始有下班後的休閒活動，男人帶她去一些高級的餐廳，有時喝點酒，接著再去飯店。做愛後男人會藉故離開，從不留下來過夜，但小語總是會在房間裡待下來，她打開電視與浴缸的熱水，把尚未喝完的酒，倒入高腳杯，在煙霧繚繞的蒸氣中，享受她從未有過的待遇，被男人特別照顧的奢華人生。

後來，那一場戀愛，持續一年後，開始往壞的地方去。

第一次懷孕是交往後的第五個月，她發現得太晚，過了可以吃藥處理的時間點，男人帶著她去做了子宮刮除的墮胎手術。小語從這個經驗學到，無論如何都要持續地使用避孕藥，但是，在那之後的半年，她又懷孕了。

男人很不高興，他斷言小語要不是很蠢，不懂得如何正確的避孕，就是她還另有其他的對象。「每次我都戴了保險套，從頭到尾都沒有拿下來，這筆帳我是不會認的。」小語哭個不停，儘管她氣得全身都在發抖，她仍然放下尊嚴，乞求男人留下來，男人冷冷地說：「我們不該再見面。」接著關了門，留下小語一個人。

那一場不太好的戀愛，讓小語痛不欲生，她自己去了原先的那家婦產科，醫師面有難色地說，這麼頻繁地墮胎，恐怕對身體影響很大。小語點點頭，「不會再發生了。」她承諾著，一年之內送走了兩個孩子，也失去了依靠，小語走在路上，搖搖擺擺地搭上一臺公車，到了海邊，直到夜晚，海風把她吹醒了，她才又搭了陌生人的便車，回到自己的小套房。

一份愛情裡面，如果有像邱比特那樣、肩上長著翅膀的天使，也會有嘴裡藏著尖牙的鬼。回想起這段感情，就像配戴一副度數精準的眼鏡，讓在選擇男人中，毫無經驗而長期近視的小語，一下子看清楚許多事情。她用這樣痛楚的方式，明白母親當年曾經對她說過的那些話。

後來的小語，變成了鬼。

✢

清晨，天還未亮，鄭安然從惡夢中驚醒過來，坐在床上快速地喘著氣。輾轉反側好幾次，她睡不著，只好套上一件毛衣，走到客廳，打開電視。

新聞仍在重播昨夜的畫面，各臺都煞有其事地報導著這場仙人跳事件，那些標題搭配著停車場畫面，全衝著她來——

「小資女出軌人數暴增，仙人跳一跳再跳不停歇。」

「疑收下上億房產，小小員工憑美色發大財。」

「主管老婆爆黑料！辦公室女神殺了我先生。」

「外商中披著羊皮的狼？螳螂捕蟬黃雀在後。」

「勾手逛街上酒吧，真實監視器畫面流出。」

「才貌雙全創造智慧詐騙法，不可不知的外遇加薪術。」

與其說是生氣，鄭安然更多的是困惑，黑白的監視器畫面裡，停車場中，一個男人走在前頭，幾分鐘過後，另一個女人出現，那個女人是她沒錯，她怎麼會在那裡？

畫面又跳轉，飯店的走廊出現了一個女人，牽著一個男人，接著是餐廳酒吧、辦公大樓。等一下，她再度站起來靠近電視，試圖看得更仔細一些，雖然穿著與髮型有些相似，但這個人不是她，是小語。

好幾個監視器畫面輪流播放，穿插著她跟小語的幾個鏡頭，鄭安然發現，十幾個模糊的畫面，顯示的並不是同一個人。

上午七點半，鄭安然餵了奶後，打開手機，有二十多通未接來電。她看見袁實恩在六點時撥了一通電話來，接著是一封簡訊。

「是小語。」

那封簡訊只有這樣三個字。

✢

一切都明朗了起來。

好幾次的公司活動，小語跟鄭安然是室友，兩人經常住在同一個飯店房間中，小語的英文名字艾莉（Ally），與鄭安然的信箱帳號，採用中文名字的縮寫（AL），相去不遠。

那些年的傳聞中，所謂的臺灣年輕女員工，勾引外商老闆，小語跟鄭安然的身影，理所當然地重疊在一起。

袁實恩開了好幾個視窗，整理媒體的報導，花四個小時截圖，寫了一封長信給公司的公關部門，提出相關佐證。他打了一通電話給人資，查詢是否有成立調查小組，他再度打開電腦，寫了另一封信給美國總部，闡述此事的來龍去脈，表示受到外界質疑的員工，需要公司更多的關注與保障。他整天都在向公司的各個組織發出消息，只希望鄭安然能從這場危機中，順利脫身。

或許就像小語在電話裡說的那樣，他應該對鄭安然採取直接的行動，可是此時此刻的袁實恩，更像一道深色的影子，當刺眼的大燈打在鄭安然臉上時，他是那個留在背後，不為人所知的模糊形狀。

鄭安然揹上包包，帶著孩子出門就診，她以為保持安靜就好，卻發現樓下都是記者，他們窮追猛打，大聲質問著：「是不是妳？」、「妳為什麼這樣做？」、「妳的動機是什麼？」這些問題逼得鄭安然無路可退，懷中的孩子也不安地扭動著小小身軀。

突然一個年輕的女孩衝上前，打了鄭安然一巴掌。

鄭安然沒見過她，她卻瞪著眼，又抬起手，再打了鄭安然一個耳光。

閃光燈不停打在她們臉上，嬰孩開始大聲哭泣，鄭安然聽到一旁的記者對著鏡頭說：「我們現場直擊到，其中一位受害者的女兒現身……。」

「那個人不是我，真的不是我……。」鄭安然微弱的辯駁畫面，在各個新聞臺流轉，卻只是讓輿論如洪水一般，更加凶猛。

五天後，臺灣發生了八仙樂園塵爆事件，媒體如退潮般一哄而散，鄭安然重獲平靜的生活。

✣

經過兩週的休假，小語無聲地離職了。

六個月後，聖誕節前夕，袁實恩在一家汽車企業的剪綵活動照片中，看見小語的身影，她更改了髮型和臉書上的英文名字，笑得甜甜的，站在一個外籍主管與新上市的休旅車旁，一起合影。

若是第一眼看，小語跟鄭安然，的確有些許神似之處。但她們也有許多不同的地方，像是安然沉靜的臉龐，她穿著白色的連身裙，肌膚透著微微的光。也像是安然奇怪的幽默感，她拿著奶瓶，歪著頭問著，「需要人奶當奶精嗎？」說完這句話，她發紅的耳朵。一同工作時，在電話上，安然用堅定的語氣支持袁實恩的提案，「我們討論過了，臺灣這邊可以接受。」

袁實恩疲累地閉上眼睛，而當年試穿母親的旗袍的鄭安然，在他的腦中緩緩地轉了一圈。

塵霧散去後，鄭安然模樣逐漸變得清楚，袁實恩想著，他應該比誰都更早明白這些事情。

一切都明朗了起來，一切也都遲了。

第十一章　二〇一六年

二〇一六這一年，有兩件出乎意料的國際事件。

六月，英國舉行脫離歐盟的公投，最後百分之五十二贊成、百分之四十八反對，脫離歐盟的意向就此確認。此結果震驚全球，為此英鎊應聲下跌。

十一月，美國總統大選，以地產大亨身分知名全球的共和黨總統候選人川普（Donald Trump）贏得大選，當選美國第四十五任總統。

過去川普既沒有政治經驗，也從未擔任過公職，選舉過程中，儘管不被看好，遭受許多媒體嘲弄，但最終以素人之姿，獲得選民的支持。

握有選擇權的人往往是難以控制的，當下做的決定，有時回頭看，也會被自己嚇得說不出話來。

事情過了大半年後，小語打電話來，跟鄭安然約了見面。

她們在公園裡的長椅上坐著，路燈映照著遊樂設施，溜滑梯在地面拉出如蟒蛇一般的彎曲影子。

鄭安然抱著已經入睡的小男孩，聽著小語說了一些事，像是她在公司的第一個男人是個業務主管，她墮胎兩次，感覺自己被騙；第二次是個日本人，她的媽媽需要錢，而她賺得不夠快，「妳記得山崎先生嗎？」鄭安然點點頭，那是之前輪調來臺北辦公室一年的行銷部老闆，之後就回去了。

小語淡淡地說：「有次出差到日本，山崎先生約我週末留下來玩，我覺得他很好客，沒有想太多，那天晚上吃完飯，加上喝了酒，我們就在飯店房間做了，隔天又發生一次，我知道自己配不上他，也知道他有老婆，但那兩天的感覺很好，我們還去了迪士尼的海洋世界，很不像他會做的事情對不對？……後來山崎先生給了我六十萬日幣，裝在紙袋裡，他說，他很喜歡我，以後只要我想來東京玩，就可以跟他說。」

鄭安然想要開口接話，但她不知道要問什麼，或是怎麼問。

「他很寂寞，」小語接著說：「我後來發現，這個行業多的是聰明能幹的人，這樣的人在工作上拚盡全力，私底下連個聽他說話的人都沒有。」

小語後面又說了公司的好幾個人，大中華區、東北亞區，對方都是高階主管，事情多半大同小異，男人得到慰藉，她得到應有的報酬，誰也不欠誰，唯有老闆馬克自殺那件事，她沒有正面透露，只是輕輕帶過。

「最後的這個男人，占有慾太強。」小語解釋著，又像沒有解釋，「他說有家庭事業，不願離婚，我想拿錢走人，他又不肯。」

「我沒想過會牽扯到妳。」小語說。

✢

鄭安然回家時，張向誠睡了。她將孩子放進嬰兒床，擠了奶，接著洗澡。

在浴室裡，鄭安然用手把鏡子上的霧氣擦去，看著自己的裸身。她摸摸自己的臉，撥弄乳房幾下，接著轉身看著自己的臀部，她試圖擺出最性感的表情，但無論怎麼看，她都找不到跟小語相似的，可以挑動男人寂寞慾望的、所謂的女人味。

✢

「在大型企業迅速轉型的浪潮中，我們會盡力地照顧所有對公司有價值的員工。」總經理說了這句神祕兮兮的話，當作結語，接著在視訊會議的螢幕中，帶著官方的微笑對鏡頭點點頭。

第二波的裁員名單發布後，那個中午，大家都在驚恐地討論公司的下一步，無心上班。同一天，袁實恩被叫進會議室，老闆告知他即將升任部門主管，這幾年的加倍投入，換得了實質的成果，「公司很感謝你，我們都以你為榮。」袁實恩說了謝謝，老闆又說：「這個職位在上海，準備一下，儘快搬過去吧。」

袁實恩的上司換成了一個法國人，下午，透過視訊會議，他們第一次見面。對方語帶浪漫地說，「這麼多年的努力工作，你應該也累了？今天晚上，好好跟心愛的人，去奢侈地慶祝，吃龍蝦，開最好的酒……。」

下班後，袁實恩走在街上，他並不感到疲倦，只是有點漫無目的。這些年來，他一個人戰鬥著太陽與月亮，如今要到哪裡去找個心愛的臨時演員，可以為他舉杯呢？

芬妮打電話來，袁實恩望著鈴聲，沒有將電話接起來，他還沒有想好要怎麼說明轉調上海的事情。

第二通電話，三分鐘後響起，接著又是一封簡訊。

袁實恩不想回家，買了一個燒鴨飯盒，獨自一人坐在公園的長椅上吃晚餐。有八九個英文班的孩子，在附近的草皮，圍成一圈坐著，中間的老師手握著一盞露營燈，交雜著英文跟中文，講著故事——

「Next to a great forest there lived a poor woodcutter with his wife and his two children.」

在一座大森林邊，住著一個貧窮的樵夫，還有他的老婆和兩個孩子。

「The boy's name was Hansel and the girl's name was Gretel.」

小男孩叫做韓塞爾，小女孩叫做葛莉特。

「樵夫家的糧食本來就不多，有一次，當地鬧饑荒，更是連每天要吃的麵包也沒有了。」老師做出誇張的手勢，「What does that mean? It's a huge problem for the family!」

袁實恩很熟悉那個故事，他小時候聽過，也記得樵夫的老婆提議，「明天一大早，我們帶著孩子，走到最深、最茂密的樹林裡，幫他們升火，跟他們說，待在這裡，晚一點我們會回來接他們回家……。」

「如從前一樣，這裡就像一個大家庭，只要是對公司有價值的員工，我們都會盡力照顧。」總經理在螢幕中的面孔，浮上袁實恩的腦海。

「給他們一人一塊麵包，把他們丟在那裡，只要他們找不到回家的路，我們就解脫了。」童話故事裡，樵夫老婆是這樣提議的。

那個故事從一開始，就已經非常恐怖。

✣

兩個小時後，袁實恩回家，母親坐在沙發上，習慣地問：「吃飯了嗎？」

袁實恩回：「不餓。」他穿過客廳，準備直接回臥房，但想了一想又倒退回來。

「媽，我們買個新沙發吧？」

「好端端的，這是哪來的想法？」

「我升職了，想要買新沙發。」

母親沒接話，袁實恩愣在原地。

「兒子，」五秒後，母親終於開口：「你站在那裡擋到我看電視了。」

「喔。」袁實恩低下頭，默默地往前移動，這時他聽見母親咯咯笑著。

「妳笑什麼？」

「我笑你啊，活到這麼大了，什麼都不懂，」母親說：「你那麼瘦都能擋到我的電視，不是有點好笑嗎？」

袁實恩一臉疑惑。

「恭喜升職啦，你這個呆頭鵝！」母親站起來，重重拍了他的頭一下，「要買沙發，不如先買個大電視給你老媽！」

✢

認真去想的話，婚姻跟新生兒一樣，一開始都是抱著無窮希望，但誰都無法預知到底會發生什麼事，直到壞消息傳出，無法避免的失望，就這麼迎面而來。

新生兒雖然令人神經緊張，或許在正確的照護下，可以安全度過嬰兒時期，脆弱的娃娃順利地長大成一個正常的人。但婚姻沒辦法，一旦出現問題，那個問題會壓在雙方的否認之下一段時日，逐漸擴大蔓延，直到牽扯的範圍過於複雜，直到你已無法再愛、無力假裝。

如果有人問鄭安然愛不愛張向誠，她會說「愛」，但他們的婚姻已是一張掉到水裡的衛生紙，即使用最快的速度撈起來，也無法回復原狀。

當親戚在茶餘飯後，有意無意提到那次的早產，「她就是太愛工作，太愛賺錢，女強人嘛，搞到要在香港生小孩，國外的醫療哪有臺灣好？最後雙胞胎死了一個，殘了一個……。」

婆婆也曾經若無其事地提出對那場桃色風暴的質疑，在家中，她問張向誠，「以後小孩子長大，看到這些報導，知道自己的媽媽在外頭不安分，他要怎麼面對？」

鄭安然在廚房安靜地洗著碗，聽見張向誠說：「小孩才不會管這些。」

「那你自己呢？你怎麼想？」

張向誠不說話。

「你要知道，」婆婆說：「這種男女關係不清楚的事情，都是無風不起浪……。」

為了這個鄭安然在夜裡哭，張向誠仍舊一語不發，他甚至安靜地坐在床尾等鄭安然哭完，才躺到她身邊。最後張向誠勉強開口安慰：「不要哭啦，妳管那些人怎麼說。」

經年累月下來，破壞這場婚姻的例子變得很多，難以用單一事件作結，說來說去終歸是性格問題。張向誠習慣當個好人，家和萬事興，對於家人的質疑，他選擇軟弱以對，需要挺身而出的時候，他變得視而不見。但鄭安然不是這樣的個性，尤其是，當她認清自己在這場婚姻中孤立無援時，她變得倔強而偏執。

這陣子，婆家強迫因早產而發展遲緩的孩子，去接受一般的幼兒園教育，並且說著——

「小孩明明可以的，到了有團體生活的學校，他就會跟上。」

「去學校總比去醫院好，一直帶著小孩去醫院，多晦氣啊。」

「妳當媽媽的捨不得，太寵，到時反而害了小孩子，後悔都來不及。」

為了這樣的事，鄭安然轉頭向張向誠求助，張向誠卻點點頭表示，「這樣說也有道理，讓小寶去學校試試看也好啊，不試怎麼知道？」

鄭安然無言以對，他是孩子的父親，不是不知道，已經快滿三歲的孩子，仍然無法發出有意義的字詞，走路不穩，上下樓梯時會拖著一腳，與其他人互動時，眼神有說不上來的空洞，這些問題，都明明白白擺在眼前，小寶不是那些一般正常成長的小孩，他需要額外的照顧。

張向誠坐在洞穴裡，他只說：「小寶哪裡不好？妳太緊張才會想那麼多。」

這一年，鄭安然最大的改變，就是她變得安靜無聲，她無力再吵，也不想再向誰說明什麼。有很多時候，鄭安然看著菜瓜布上的泡泡與堆積的碗盤，忽然覺得自己無處可逃，她以為找一個單純樸素的男人，過著平凡瑣碎的日子，是她夢寐以求的理想，可是當她摸著沉睡孩子的臉頰，她問自己，這是安全平靜的人生嗎？怎麼有種需要肉搏流血的戰役，才正要開始的感覺。

一天，張向誠穿著汗衫短褲，躺在床上，電風扇轉動時發出嘎嘎的聲響。

「好熱啊！」他轉身抱住鄭安然，接著提議道：「喂，我們再生一個吧，上次不順利，這次不可能又這麼倒楣……。」

鄭安然不回應。

黑暗中，張向誠將手伸進她的上衣，接著說：「這次我們拜託老天爺送個聰明又健康的寶寶來，不就沒事了嗎？」

夾雜著汗水的味道，那個「拜託老天爺保佑，不就沒事了嗎」的提議，傷害了他們的婚姻。

就在那一刻，鄭安然從丈夫熱情的擁抱中，徹底醒悟過來，她發現就算耐心地等待，或許也等不到張向誠為誰變得勇敢。

✣

在上海辦公室的第一天，袁實恩感覺很奇怪。法國老闆把他叫到辦公室去，大手一揮，霸氣地表示：「你什麼都不要做，明白嗎？不管你想馬上開始做什麼，做了也做不好，不如不做。」

「聽清楚了，這兩個禮拜，在上班時間閒逛，對你絕對有好處。從早上進來公司以後，就去每個辦公桌旁邊走走，看到人就聊一下，問對方的名字，問他平常在忙什麼，如果經過會議室，你就跟對方說我的名字，是我叫你來的，接著就拉一張椅子坐下參加會議，但不准說話，憋著，只要看跟聽就好，像一個孩子，第一天去學校那樣，最好當作是你去了法國語言學校。」

老闆說完這段話，便笑嘻嘻地看著他，令袁實恩感到很困惑，但他還是照做。兩個星期的時間，他每天早上到辦公室去，無所事事，直到所有人下班，沒有人可以說話，沒有會議可以參加以後，他才離開。

一個月後，袁實恩從飯店式公寓搬出，搬進一間位於三樓的社區大樓裡，一房一廳一衛浴，離公司三十分鐘的步行距離，窗外看得見樹梢和鳥。

在這個擁擠的城市中，幾乎每個人都帶著自己的口音，袁實恩每天走路上下班，一邊觀察走在路上的人，景氣一片大好，人人穿的衣服，揹的包包都有個歐洲名字，袁實恩還是穿著從香港帶來的襯衫與長褲，有時加一件夾克。他不是自命清高，他只是習慣了這樣的生活，對於打扮自己，特別維護外表這件事，絲毫使不上力。

「我真不敢相信你是從香港來的。」坐在旁邊的一個女同事曾經直接評論過，她形容袁實恩的美感，就像患有脊椎僵直症的病患，每天都在僵硬萎縮。

「你每天會站在鏡子前面，好好看著自己嗎？」

袁實恩覺得沒必要，從小到大，他都不追求任何人的關注。

來到上海，最讓袁實恩感到開心的，是能跟原本就在這裡工作的阿虎聚在一起。

還有香港的業務部阿丹，一個月後也來了。

他們三人住在同一個小區，經常一起吃晚飯，有時也在袁實恩的單身公寓中廝混。

這幾年來，阿虎改變得不多，總是漫無目的地說著無聊笑話，讓大家在工作之餘，肩頭可以鬆下來。

有一天，阿丹失戀了，一個叫做余小路的女孩，決定拋棄他。

那天晚上，躺在沙發上，聽著阿丹訴苦的阿虎，給了以下建議：「阿丹啊，你別為了失戀喪氣，我都想好了，以後呢，等你結婚生子，就把第一個小孩取名叫『熊掌』好啦。」

「為什麼好好的孩子，要取名叫做熊掌？」

「紀念余小路啊，也提醒一下自己，『余』與熊掌不可兼得……。」

每次阿虎與阿丹在鬥嘴時，袁實恩就坐在旁邊聽，個性上他與他們不同，但這並不表示，他不享受這樣的時光。

「我說啊，你們知不知道前一年我改了名字？」阿虎問。

「是嗎？」

「對啊，本來叫做張小虎，這種名字聽起來就是個前途無光的小伙子，不小心摔倒在地上會被車輾過的倒楣鬼嘛，某天喝了酒，興致一來，我就改了名。」

「你本名叫做張小虎？」

「對啊，我媽媽取的，很直觀，因為出生那年屬虎嘛。」

「小時候，是不是有個在臺灣的團體，就叫做小虎隊？」袁實恩問。

「在我們這兒，小虎隊也很紅啊。」阿虎忽然跳起舞，「週末午夜別徘徊，快到蘋果樂園來，歡迎流浪的小孩……。」

阿丹也接著用不標準的港腔唱：「不要在一旁發呆，一起大聲呼喚，向寂寞午夜說Byebye……。」

「後來你改叫什麼名？」袁實恩問。

「喔，我改叫張添翼！」

「天意？」

「如虎添翼啊，多威猛！」

啦～啦～啦～啦～盡～情～搖～擺～

如虎添翼的阿虎，張開雙臂，在客廳飛翔了一圈，後面跟著阿丹與袁實恩，他們開心地扭動身軀，繞著沙發跳，就像母雞帶著小雞。

✢

鄭安然牽著孩子，在醫院門口排隊等計程車。

幾天前例行回診檢查時，小寶因各項發展都出現停滯現象，判定為多重發展遲緩，除了開始進行早療課程以外，醫生建議進行抽血檢查。

多小時。

對著小小孩抽血，並不是簡單的事，抽血站幾個大人又抓又拉，奮戰了一個多小時。

抽血報告顯示指數異常，「接下來怎麼辦？」鄭安然問。

「要再抽一次血確認。」醫生想了想，接著說：「不過聽說上次抽血不是很順利，這次我們安排住院來抽。」

醫生向鄭安然解釋，人只要過度緊張，血中的各種激素就會受到影響，小孩子尤其是這樣，為了可以得到準確數值，先安排住院，進行麻醉後抽血。

鄭安然點點頭，她說：「那麼我們先回家，拿行李過來，再辦住院。」

那瓶麻醉鎮定劑，小寶怎麼樣都不喝，勉強他喝下幾口，來回了幾次，全被吐掉。

住院醫生的臉色不好，「用塞藥的吧。」他說。

半個小時後，小寶被強迫從肛門塞藥，他緊緊縮著屁股，身體縮在床邊的一側，藥塞不進去，倒是排泄物拉了一攤在病床上。鄭安然用溼紙巾清理後，將孩子從病床抱起來安撫，又是幾個護理師走進來，大人們七手八腳地壓制打針，在狂亂掙扎中，孩子終於昏睡過去。

另一位醫師走進來，他看了鄭安然一眼，用一種輕蔑的口氣對護理師說：「你們是第一次幫小孩抽血啊？怎麼可以讓媽媽在裡面？這種帶去處置室，把門關上，從脖子的血管抽，一下就好了。」

隔週回診，看住院抽血的報告，除了一些過敏反應，各項指數顯示為正常。

主治醫生轉頭，淡淡地跟旁邊見習的醫生低語：「我說過這個狀況要記錄下來，這已經不是第一次這樣了，難道整家醫院只有我發現嗎？」

醫生和鄭安然說明，之前也有幾個個案，因為孩子掙扎害怕抽血，造成門診抽血的指數異常，最後住院抽血後，指數都正常了。

他說這段話的時候表情並不誠懇，好像自己特別聰明，在黑暗的時代發明了電燈泡，帶著一點洋洋得意。

✢

十一月，上海的風很大，袁實恩的衣櫃裡添了一件風衣，他學會洋蔥式穿法，風衣裡面，都是原先從家裡帶來的舊衣，一到辦公室，他把風衣脫下，回到自己原來的樣子。

無所事事的兩個月後，袁實恩被分配了一個行銷企劃案，負責二線城市的洗髮精品牌上市。日子變得異常忙碌，他搭著飛機與火車在城市中穿梭，成都、重慶、南京、杭州、寧波、瀋陽，都陸續去過，那些城市跟香港與上海完全不同，人的想法也不同，需要學習的事情很多，導致這兩年，從鄭安然生產後，他們沒有見過一次面，也變得可以忍耐。

新聞報導著，川普在美國總統大選中獲勝，在臺北的家中，張向誠翻箱倒櫃，找到了《誰是接班人》第一季的收藏，他如獲至寶，興奮地搖著手上的光碟片，跟鄭安然說：「等孩子睡了，我們來看！」

躺在床上的鄭安然沒有回覆，她拿著一本故事書，正溫柔地念著其中一頁給小男孩聽——

「你不要怕，不要怕喔。」

「在森林裡，天漸漸黑了，哥哥安慰著正在哭泣的妹妹，他說，天空會變黑，只是因為太陽回家了，我們再等一下，等到月亮出來以後，一定就可以找到回家的路……。」

第十二章　二〇一七年

二〇一七年，加州遭遇多次嚴重火災，首先是北加州的火災，這場山林野火持續燃燒二十多天，累計造成四十三人死亡，七千七百棟建築被燒毀，預估有超過十萬居民被迫撤離。其中加州最為知名的酒鄉納帕谷（Napa Valley）布滿煙霧，大片葡萄園瞬間遭大火吞噬的景象，登上各國的新聞頭條。

兩個月後，隨著聖安娜熱風，南加州又爆發數場大火，肆虐面積難以估算，火勢長時間延燒，造成加州的進入緊急狀態，加上空氣品質劣化，交通堵塞，學校關閉與多次的大規模停電，使民眾苦不堪言。根據加州州長布朗（Jerry Brown）的聲明提到，這場大火夾帶著強風，難以撲滅，呼籲各單位做好聖誕節滅火的準備。

根據媒體報導，僅僅在一年中，加州就發生了八千七百四十七場山林大火。

在會議室裡，鄭安然低著頭，儘管已經盡力讓自己看起來胸有成竹，但她坐在主管對面，卻止不住地變換雙腳重心，不曉得該如何自處。五分鐘後，無意義的客套對話停了下來，切入正題，主管的臉換上了如家長一般的凝重神色，她站起來面向著窗，背對鄭安然，過了陣子才回過頭問：「再跟我說一次，妳是怎麼打算的？」

鄭安然在她面前，毫無招架能力，她怯怯地說：「我打算帶孩子，搬去跟妹妹住一陣子，她跟先生討論好了，家裡有多一個房間，願意幫我這個忙……。」

「家裡的事我不好多談，不過，離婚已經不是簡單的事，妳還決定要離職？這樣帶著孩子，日子要怎麼過呢？」

「我……應該還有一些存款。」

主管搖著頭，說話速度逐漸加快起來。

「事情不會是妳想的那麼容易，單親媽媽外加無業，就像一匹馬剁掉兩隻腳，再挖掉一雙眼睛……妳說的一些存款，是多少錢？能撐多久？一年？三年？孩子現在才幾歲？」

「三歲。」

「妳說他是什麼問題？」

「還不確定，現在醫生診斷是發展遲緩……。」

主管嘆了一口氣，「小朋友長大的過程，東一點毛病，西一點問題，都是天天在發生的。妳是大人，要往長遠去做打算，不是我想嚇妳，一個孩子讀個書就要個十幾年，中間要上學，要補習，要生活，還得買一堆東西喔……。」

見鄭安然的頭越來越低，年長但打扮精緻的主管又嘆了一口氣，她停頓了一會兒，換了一個溫柔的語氣，接著說：「我是過來人，才會跟妳說這些，以前年輕時，我也經歷過相同的事，當年的賭氣，後來都換成後悔……將來可能有許多隱藏的費用，都是妳沒算進去的……我媽老是對我說，妳有沒有想過，單親媽媽靠什麼養孩子？都靠妳無條件的愛嗎？」

鄭安然變得吞吞吐吐：「……那些早療課程，輔導老師建議，媽媽最好要陪同孩子一起上，回家再一起練習，親人的投入對小孩的差別很大……這些年，我覺得自己陪孩子不夠多，再過幾年，一切可能都來不及了……」

「所以妳辭掉工作，是為了去當全職的陪讀姊姊？」

打掃阿姨將辦公室的燈關了，室內頓時陷入一片黑暗，主管把會議室的門打開，露出一顆頭，「不好意思，我們還在這裡忙。」阿姨趕忙道歉，重新開啟開關。

燈亮的時候，鄭安然鼻子已經紅了。

「我只是說，妳要替自己想一下，婚姻要放棄，工作就留著，反過來說，若是工作要暫停的話，妳要不要再想想，婚姻還有沒有可以挽回的地方……。」

主管插著腰，眼睛睜得大大的，盯著鄭安然，「其實，夫妻生活久了，沒有愛情是早晚的事，妳又何苦為了這個離婚呢……。」

鄭安然不知道說什麼，那些婆家的冷言冷語，一而再，再而三，因為孩子發展遲緩，無謂的介入與爭執，她是不能再忍耐了。

「對不起……。」

主管坐下來，打開電腦，再度看著鄭安然提交的離職信，彷彿這麼做還會有轉圜的餘地，她抬頭問：「好吧，那妳打算休息多久，還想回來嗎？」

鄭安然點點頭，接著說：「大概……兩、三年，等孩子大一點，順利上小學之後。」

「如果不順利呢？」

「對不起……。」

主管拿著手機，站起來走出會議室，撥了一通電話。

隔著玻璃，鄭安然看著她動著嘴唇，說了些無聲的話，鮮紅的唇膏，一身名牌套裝，鄭安然覺得自己早就不屬於這裡。

通話結束，主管走回會議室，她深吸了一口氣，對鄭安然說：「兩、三年的時間很長，臺灣市場還有沒有那麼多職缺等著妳，我沒把握，但是中國可能有機會。這樣吧，妳離職前，去一趟上海辦公室，在那邊見幾個大老闆，打點人脈，好好認識一下。我剛剛聯絡好了，下禮拜就去，帶些伴手禮，那些人都喜歡臺灣的鳳梨酥。」

主管從皮夾裡抽出一張名片，「這家鳳梨酥的口味特別受歡迎，不要亂買機場那邊的。」

鄭安然不知道該說什麼，她眼眶發熱，只能小聲地說：「謝謝妳，真的很謝謝。」

「每次帶人，碰到妳這個年紀的女生，就會發生同樣的事情……我最不喜歡意氣用事的女人，為了男人或小孩，腦子不清，變得很笨，跟妳現在一樣，蠢得要命，如果我每個都要救，就不用睡覺了。」

「這世界對所有女人都不公平，不是只有針對妳。」主管壓抑著情緒，轉過頭，她銳利的眼神，射向鄭安然：「妳跟著我這麼多年，應該更理智才對。」

鄭安然點了點頭。

「接下來的日子，不管發生什麼事，妳要學聰明點，狠一點，見縫插針，見機行事，嗯？」

整場對話，鄭安然點了無數次的頭，直到主管離開後，她獨自站在電梯中，才癱軟地靠在角落，閉上眼睛。

✢

新版初剪的廣告播完後，袁實恩已經不太耐煩了。

他的指節壓著眉心，有些不愉快地說：「我們再看一次。」

廣告再播了一次，裡面是一個男人，站在熊熊烈火前，揉著自己的頭髮。

袁實恩問：「這是什麼意境？」

廣告公司的代表說：「這次的新品，我們想要彰顯男人的氣勢，所以他不是用水來洗頭，而是用大火。」

袁實恩不喜歡這個概念，他感覺這支廣告諷刺意味濃厚，因為這讓他想起前幾天的加州大火，居民都在逃跑的畫面。會議室的氣氛陷入低迷，此時電話響了，是芬妮打來的。

袁實恩站起來走出會議室接了電話，「怎麼了？」

「晚上一起吃飯嗎？」

「啊？吃飯？妳在哪裡？」

「在上海啊。」

「為什麼妳會在上海？」

「昨天我就跟你說過了，今天下午會到上海來啊，明天我們部門在大中華區有活動……。」

「喔。」袁實恩瞇起眼睛，大樓外的陽光燦爛，他的女友跟他在同一個城市裡，而他絲毫不覺。

那天晚上，袁實恩找了一家和牛的高檔餐廳，芬妮在吃最後一道甜點的時候提出分手。

她是這樣說的：「我需要一個男人在乎我人在哪裡，期待我會不會出現，而不是事後用高級和牛來粉飾太平。」

袁實恩點點頭，他完全同意芬妮說的每一個字。

深夜，再度回到單身的生活的袁實恩（坦白說他從來沒有離開過），安靜地在家裡開了一瓶酒，但一滴都沒有入口。

✢

他不喝酒，跟小時候的經歷有關。十二歲時，他的父親打了母親，這是一年中的第五次，情節很相似，父親喝酒喝過了頭，母親不高興，說了幾句，唯一不同的是，父親這次的拳頭，落在母親的臉上。

母親在房間裡，不知道打電話給誰，袁實恩隔著門，只聽見她說她受夠了。三天後的早上，等到父親出門工作後，母親就拖著一個黑色的行李箱，再也沒回家。

她沒有遠走他鄉，她跟孩子們說：「媽媽就只是在走路十五分鐘的另一個住處，晚上可以來吃飯。但是從現在開始，媽媽不能跟爸爸住一起了。」

「從現在開始，到之後的什麼時候？」袁實恩的哥哥追問。

袁實恩覺得他很蠢。

那天袁實恩在學校的操場上故意跌倒，他從司令臺上跳下去，膝蓋流了一些血。他原先想過在課堂上作弊，看看能不能被抓到訓導處，引起母親注意；後來他決定直接走出校門，失蹤個一到兩個小時，但他走到大門時，就被警衛攔住了；最後他跑回操場的司令臺，猛力跳起、跌落，在碎石地上膝蓋跪地來回摩擦，他的雙腳被砂石磨破一大塊，傷口大約是兩個橘子的大小，路過的老師把他帶到健康中心休息。

學校通知了家長，但母親沒有來，父親來了。

父親的臉很臭，吐氣都是酒味。他看見袁實恩揹著書包，包著紗布坐在床沿，劈頭就問：「你這傢伙是笨到連路都忘記怎麼走了嗎？」

母親離家後的第一個星期，父親假裝這個世界上沒有這個人，他是唯一的家長，所有事情，他全都自己來。早上他一睡醒，會拿著洗臉布沾水，把三個小孩的臉胡亂抹一陣，接著準備早餐，雞蛋丟到滾水裡，煎火腿，然後在一個大盤子上放一串葡萄。父親在桌子中間擺了一大瓶牛奶，要喝的人就直接拿去對著口喝，「這樣就不用洗杯子。」他說，彷彿是很聰明的方法，全世界只有他知道。十分鐘後，他會命令大家下桌，把孩子喝不完剩下的牛奶一飲而盡。爸爸一邊牛飲，一邊倒數計時，他規定所有小孩必須在他把牛奶喝完前，穿好制服襪子，揹上書包，把剩下的食物裝進餐袋，站在門口等待。整整一週，爸爸把這套劇情表演得很流暢，他試圖證明家裡沒有女人，只有他一個人也可以運行。

晚餐的順序差不多，只是餐點會變成外賣的燒臘飯或是炒麵，一顆大水梨，依偎著一瓶可樂，放在桌子的中間，作法相同，想吃水果跟喝飲料的，就自己伸手拿去對著口吃，吃完後再放回餐桌中心處，幾輪下來，水梨看起來像卡通裡被幾隻毛毛蟲咬過的模樣，滿桌都是牛奶漬。

「媽媽從來不會這樣，她會把水果切好給我們。」妹妹說，「而且我想要喝甜湯。」

「甜湯是什麼東西？」

「像是紅豆湯或是花生湯。」

「你把水梨泡在可樂裡好了。」

父親自以為說了一個笑話，呵呵笑著。袁實恩跟哥哥低著頭默默吃飯，妹妹突然哭了起來，看著她哭得喘不過氣，父親一臉不以為然。

星期二的那天傍晚，妹妹放學後沒有直接回家。她跑去另一個家，說要跟媽媽住。

星期三晚上，哥哥也沒回來，帶了行李去了媽媽家。

家裡只剩下袁實恩跟父親，晚餐時刻面對面坐在一起，還有餐桌中間的一瓶兩公升可樂與黑了一半的芭樂。

母親離家這件事，讓袁實恩感到痛苦，但哥哥跟妹妹的離開，更是雪上加霜。他也想要去有媽媽在的家，跟所有人住在一起，但他太害怕，不敢當那個最後離家的孩子。

睡前，小學六年級的袁實恩反覆想著一個事情——

星期二那天，妹妹放學後去了媽媽家，他跟哥哥稍後也去了，他看見媽媽在浴室裡，替哥哥換衣服準備洗澡時，在哥哥耳邊說了一些話，哥哥對她點點頭，隔天星期三，哥哥在早上偷偷把行李收好，帶去了媽媽家。

那晚輪到他去洗澡時，他等了一會兒，媽媽卻只是要他把換洗衣物收到書包裡，其餘的什麼都沒有對他說。這件事更動了袁實恩的人格設定，他相信自己總落入被拋棄的一方，為此他要多打算一點，一動不如一靜成為他的策略主軸，他用不變的方式，面對所有的變動的問題。

生日的時候，媽媽問袁實恩想要什麼禮物，「我想要有一對相愛的父母，和樂的家庭。」袁實恩想著這句話，但沒有說出口，後來他要了一臺紫色與白色相間的腳踏車。

「只要你想媽媽，每天都可以過來看我。」試騎新的腳踏車時，母親對袁實恩說，「我只是需要離你爸爸遠一點，搬到他拳頭打不到的地方。」

週末的時候，袁實恩會在午後，走去母親的新家待上幾個小時，但他絕不過夜。母親偶爾會送午餐到學校給他們，袁實恩拿了餐袋，轉頭就走。

父親經常試探他，「去媽媽家的時候，有沒有看見別的男人？」

「沒有。」他說。

「下次去，你再仔細看看，家裡有沒有男人的東西留下來……。」

從那時開始，袁實恩產生了一股不安全感，日後糾纏他許久，直到他把這份感受漸漸內化成一種常態，他知道沒有人可以依靠，除了他自己。他知道沒有人要他（表面上可能看不出來，但最終他會落得自己一人），但為什麼是這樣的，他想不通其中的原因。

最後媽媽、哥哥和妹妹，在另一個家住了整整兩年，直到某一天，媽媽才帶著兩個孩子回到原本的家，與他跟爸爸一起生活，那時候，袁實恩已經是個國中生了。

儘管後來，一家人又重新聚在一起，媽媽天天做飯，也做甜湯，爸爸酒喝得少了。但在袁實恩心裡，所謂的家庭已經破裂，原本是個無憂無慮的孩子，從此困在一個處處警戒的人生。

✣

飛機正在等待降落，鄭安然從窗外，看見上海高樓層層疊疊的面貌，一切恍如隔世，她已經不記得，上次來上海的日子是什麼時候，當時的上海跟現在的上海相比，大概也不算是同一個城市。

下了飛機，她叫了車往浦東去，先進飯店放好行李，沖個澡，接著中午進公司，從下午到晚上，有幾個與主管的會面，已經約定好時間，一個接著一個，鄭安然想著，這次以公事為主，不要打擾袁實恩。

傍晚，袁實恩走出公司大門，準備買份晚餐回公司吃，聽見有人喊他的名字，他轉過頭，看見兩個人影，一大一小，是張向誠，手裡抱著一個小男孩。

在公司一樓的美式餐館中，小男孩開心地吃著薯條喝可樂，袁實恩與張向誠，面對面坐著。

「不好意思，這樣堵在你們公司樓下，嚇到你了吧……。」張向誠抓抓頭，有些無助。

「不會啦，好久沒見。」袁實恩露出客氣的笑容，問：「你們怎麼會來上海？」

「因為……安然今天也來了，我就一時衝動，跟著跑來……。」

「安然來了？」袁實恩很是驚訝，「什麼時候的事情？」

「尿尿。」小男孩說，「尿尿，要，急。」

袁實恩站起來，他指著前方，「啊，廁所在那裡，我帶你去好不好？」

反倒是張向誠沒有站起來，他揮揮手，示意對方坐下，「沒關係，小孩子有包尿布。」

「現在三歲了吧？嗯？去上學了嗎？」

「嗯，都三歲多了，都要他學著自己上廁所，到現在還是學不會，說話也不太清楚。」

「是嗎？」袁實恩替孩子在小碟子上擠了一些番茄醬，又遞給孩子一根薯條，「告訴叔叔，你叫什麼名字啊？」

「尿尿……要……尿……。」

「可能是像到爸爸吧。」張向誠搖搖頭，淺笑著說：「不只是他，我活到現在，說話也還是不清楚。」

張向誠低下頭喝了一口咖啡，接著抬起頭，認真地看著袁實恩。

「我就直說吧，來上海找你，是希望你能誠實告訴我一件事……。」

「誠實？」

「你跟安然之間，有什麼事情，是我需要知道的嗎？」

「事情？」

張向誠又繼續說：「最近我們在談離婚，不久後，她就買了上海的機票，說公司有事情要去一趟，我想，安然應該是來找你，不是嗎？」

「你們要離婚？」

「嘿，你可以一直假裝自己什麼都不知道，你想要怎樣裝好人都可以。」張向誠有點不高興，「我這次來，沒有要找你麻煩喔，只是想替安然多打算，我問你，離婚後，這個孩子你要嗎？」

「什麼孩子？」

張向誠指指身旁的小男孩，接著說：「你不想要孩子的話，我也理解，不過拜託你跟安然講好，把孩子給我，我自己來養，這件事我想通了，你跟安然，要怎麼去展開新生活，擁抱新人生，我沒意見……。」

說著說著，張向誠的氣勢逐漸減弱，像一隻挫敗後舔著傷痕的雄性動物，他漸漸壓低聲量，喃喃自語起來，「說真的，你們到底是復合了，還是從頭到尾都沒有分開過，我也不想知道太多。」

袁實恩感覺自己陷在五里雲霧中，他腦中出現當年父親問著「去媽媽家的時候，有沒有看見別的男人？」的畫面，那自卑自憐又強裝無事的模樣，和張向誠有些重疊。

「你大概沒想過，我會直接過來找你吧？」張向誠苦笑著，他似乎放棄了追問，伸手匆忙地替孩子穿上夾克，扣好扣子，「算了，你要是想要一路都裝傻，我們就回家。」

孩子不太高興爸爸把他的飲料跟食物拿走，他抗議著：「鼻要。鼻要。」

袁實恩雙手舉高，做出投降的姿勢：「我是真的不知道你們的事，自從上次送你們離開香港之後，我已經好久沒見到安然了，這些日子，安然過得好不好，我也不清楚……。」

「是嗎？」張向誠抬起眼看著袁實恩，「那為什麼你在香港時，她就飛香港？你在上海時，她就飛上海呢？」

小男孩突然眼睛一亮，揮舞著薯條，「媽媽……有，那裡，媽媽……有……。」

「什麼媽媽？」

袁實恩轉頭，他看見餐館的門外，站著一個穿著黑色大衣，提著黑色皮包的女人。

夜晚上海的風很大，那個隔著玻璃窗，在風中頂著一頭飛舞髮絲的人影，竟是鄭安然。

第十三章　二〇一八年

二〇一八年，適逢一次世界大戰結束的一百週年，英國皇室的哈利王子與美國演員梅根．馬克爾，舉行了一場世界矚目的皇家世紀婚禮，哈利王子透露，他為梅根設計的鑽戒中，位於兩側的鑽石是已逝黛安娜王妃當年的珠寶，他表示：「這是為了確保我的母親，與我們一起在這趟瘋狂的旅程中。」

根據報導，婚禮的總花費金額為四千五百萬美金，其中最大部分是維安人員的支出，另一部分則是龐大的婚紗訂製費用。在聖壇前，當梅根走到紅毯的另一端，哈利王子像個小男孩一般，害羞地對她說：「你看起來好美，我太幸運了。」

這場世紀婚禮，不只為英國帶來正面形象，也帶來可觀的觀光財，為皇室婚禮所特別設計販售的周邊商品與觀光收益，粗估高達十億英鎊的商機。儘管皇室如此遙不可及，但那個五月的週六，全世界都在關注同一則新聞，這則新聞述說著如童話般的愛情，緩緩從天而降，絢麗而真實地，在人民眼前閃耀。

一如以往，企業內部舉辦的培訓課程一向沉悶，梳著整齊油頭的講師，拿著雷射筆，站在講臺前滔滔不絕，在休息時間之前，他慎重地引述了某本書裡的一句話：「記得，無論你多麼熱愛工作，工作都不會愛你。只有人才會給你愛。」

坐在一旁的阿虎，把他的大頭湊過來小聲說：「工作不會愛你，至少也不會無緣無故就逼你買包包吧……。」

袁實恩沒在聽，他的心思飄到很遠的地方。那天晚上，鄭安然走進餐廳，一把抱了孩子，扭頭就走，張向誠追了上去，他們在餐廳門口吵架，你為什麼來這裡？那妳呢，妳又為什麼來？我們是不是都要找同一個人？

孩子掙脫了鄭安然的懷抱，跑到正在櫃檯結帳的袁實恩身邊，袁實恩彎下腰，把遺落在座位上的夾克替孩子穿好，牽著小小的手，問：「要不要喝一杯巧克力奶昔？」

「可以嗎？」

「當然可以。」

「一杯奶昔外帶。」袁實恩對店員說。

然後他看見鄭安然站在門口哭了，她捂住自己的臉，左右搖著頭，張向誠試圖拉她的手，鄭安然轉身背對，卻正臉對上袁實恩，讓她感到無地自容，她又轉到另一個方向去。

「爸爸，媽媽為什麼在哭？」孩子大聲問，這個聲音讓夫妻雙方都冷靜下來，張向誠轉頭，發現孩子跟袁實恩坐在餐廳外的長椅上，袁實恩低著臉，表情看不清楚，孩子正捧著一杯飲料，吸管是彎彎的，有紅橙黃綠藍靛紫七種彩虹顏色。

「不好意思，打擾你了。」張向誠走向袁實恩，把孩子抱起來，「走吧，我們要去趕飛機。」

鄭安然跟著走過來，她對張向誠說：「今天一起睡飯店，明天我們再一起回去。」

一開始張向誠不肯，他一手抱著孩子，一手抓著背包，直直地往前走，但鄭安然站在後頭，淡淡地說：「你特地坐飛機來上海，不就是擔心今天晚上我房間有別人嗎？」

張向誠停下來，他的表情就像是赤腳踩到一根釘子。

鄭安然不放過他，冷淡地看著張向誠，繼續刻薄地說：「不如你進房檢查一下，好過在這裡神經兮兮地冤枉別人。」

爭執落幕，他們三人就這樣走遠了，從遠處看，還是一家人。

就是那個畫面，讓袁實恩想清楚了。

他終於明白，今生的安然與實恩不會在一起。他必須把自己的心情收起來，放到一個心裡的小格子去。

幾年前，袁實恩曾經有過盼望，當她在社群平臺發布，她有一個男朋友，穩定交往中，那盼望就縮水了一點點。後來他沒有參加的那場婚禮，鄭安然穿著露肩的新娘禮服，那個心痛的程度，是非常通俗的，不值得一提。袁實恩記得自己買了一條項鍊，託同事轉交給鄭安然，隔天她回了一封訊息，說非常謝謝。然後有一天，她分享了一張黑白的超音波圖片，那是胎兒的側面，接下來又過了一些日子，又是第二張，幾乎一模一樣的圖，張向誠標註了鄭安然，大家一直恭喜，用各種口氣，恭喜恭喜。

那個盼望，就這樣抹淡了。

袁實恩是一隻被遺留在洗衣機裡的襪子，每天都在滾動中度過，頭暈目眩，等待被發現。反覆清洗的襪子很香，全身都包裹著柔軟精的味道，同時也很潮溼，每天都變得更溼冷一點。

總會有終點，不是嗎？總有一天，會被拿出來放在太陽底下吧？總會有那麼暖洋洋的一天。

另外一隻襪子呢？是她嗎？她是那隻也找不到相同的、卻跟別隻成一雙的襪子嗎？

手機響了，是阿丹打來的。

「喂？」

「你今天吃錯什麼藥？怎麼這麼早下班？」

大街上，剩下袁實恩一個人。

✣

直到這一年的中間，立夏過後的兩週，鄭安然與張向誠才對離婚這件事有了共識。

他們約在一家簡餐店簽協議書。雙方都說好，財產分配簡單為之，關於孩子，兩方共同撫養。

「那，應該差不多了吧，我就先走了……。」

簽好文件後，張向誠遲疑地看向鄭安然，他把自己的兩隻手，不自然地往後伸向黑色的背包。背包的拉鍊沒拉好，皮夾跟鑰匙，一頂鴨舌帽，還有一個吃到一半的蛋沙拉三明治，陸續掉了出來，他一邊站起身，一邊撿著掉落在地上的物品。

鄭安然見狀，也彎下腰幫忙。他的黑皮夾就像夜市小攤上白色的割包那樣，從中間分成一半，躺在桌底下坦率地張開著。鄭安然看見裝在裡面的照片，一張是全家三人的合照，張向誠站在中間，一手抱孩子，一手摟著她，另一張是鄭安然一個人的，高中畢業時的大頭照。

「咦？」張向誠將皮夾拿過去，他翻了翻中間夾層，有點愧疚地說：「怎麼這樣？要結帳才發現沒有帶錢出門……。」

鄭安然看著他的臉，那稚氣未脫的少年張向誠，重疊在現在邁入中年的張向誠臉上，她為此難過地癟起嘴。

為了轉移情緒，她將眼光移轉至牆上，看見這家簡餐店的菜單圖片，上面有豬排歐姆蛋、紅燒牛腩飯，還搭配南瓜湯跟巧克力冰淇淋作為附餐，每道菜都是家庭式料理，突然之間，她想不起當初想要跟這個男人離婚的理由。

「怎麼了？妳不要緊張，我沒現金還是可以刷卡啦，妳看這裡有好多卡……」張向誠抽出一張信用卡，在手上搖了搖，見鄭安然的鼻子發紅，他緊張地低下頭，避開她眼眶中的淚水，又接著自言自語起來：「就算離婚夫妻，還是要好好吃飯……是不是這樣說的……。」

「你可以再坐一下嗎？」鄭安然問。

張向誠又匆匆忙忙地雙手環抱著背包，像個守本分的小孩子般坐了下來。

店內一片昏黃，只有三盞壁燈，沒有時鐘，櫃檯後有一臺電視，幾個店員正擠在一起看英國哈利王子的皇室婚禮，梅根穿著簡約優雅的白紗，新婚夫妻一同坐在一輛馬車上，向民眾揮手致意。

「欸，他們接吻了！」一個店員指著螢幕，興奮地叫了出來。

鄭安然一時無語，張向誠看了好幾次手錶，反覆確認時間。

「等等還有事嗎？」

「我沒有事。」張向誠緊張地回答，「我沒想要走……我只是，不知道現在要做什麼……。」

鄭安然想要開口跟他說「我們還能當朋友吧」，可是她覺得這句話很矯情，又吞了回去。她想起皮夾裡的那張照片，裡面的高中女孩早已消失無蹤，想到張向誠說了「我沒想要走」的那個真摯的表情，她又有哭的衝動，或許年紀真的大了，變成一個容易傷感的人。

她與張向誠同時伸手拿起面前冷掉的咖啡。

那天她站在上海的餐廳外，透過玻璃窗，看見袁實恩跟張向誠面對面坐著，旁邊是孩子在吃薯條，她不敢相信自己的眼睛。

在上海風大的街道上，他們吵了好大一架，只差沒有打起來。鄭安然想，或許那時候他們能那麼用力去爭執，是因為彼此還有愛的關係。

只可惜愛是一種大意，現實卻是各種細節。

「你還是先走吧？」鄭安然說。

「喔，那好吧。」張向誠舉起手，店員走了過來，「那個，我們要結帳。」

「請幫我們分開算。」

「我一起付就好。」

「謝謝你。」

張向誠把信用卡跟簽好的帳單一起遞給店員，店員微笑地表示，「信用卡請您收回喔。」張向誠點點頭，接著將放在桌上的離婚協議書拿起來，準備收到背包裡，才發現那一份是鄭安然的，他不好意思地把文件又放回她面前。

鄭安然說：「下次換我請你吃飯。」

張向誠再度快速地點點頭，他露出那個從高中就沒改變過的笑容，說：「下次吃飯，我們再看看，有沒有正面一點的文件可以簽吧。」

✢

企業培訓來到第二天，只剩下上午半天的課程。

分組討論時，袁實恩跟久未碰面的凱西，分到了同一組。

他們輪流扮演品牌主與消費者的角色，提出以下指定的題目：

我們的品牌為什麼成為您的首選？

您最喜歡的品牌特點為何？

您最不喜歡本品牌的哪一點？

如果有機會的話，您是否考慮我們的其他產品？

輪到凱西提問時，她轉著眼珠說：「我要這樣問喔，你好好回答……第一題，您最喜歡的女生特點為何？」

袁實恩愣住了，「妳在問什麼？」他問。

凱西催他：「快點回答。」

「我不知道。」袁實恩躲避她的目光。

凱西接著問：「那麼，請說說看，鄭安然為什麼成為您的首選？」

「發神經喔，不要這樣搞啦。」袁實恩說。

「不然你問我。」

「啊？」

「你不想答就換成你問啊，像這樣，凱西您好，請問您最喜歡的男生特點為何？」

凱西自問自答起來，「我喜歡的男生，要有正當職業，身高一百八十公分以上，善良、孝順，不要太胖，哦，要愛我比我愛他多……。」

袁實恩看著凱西，不說話。

「那麼凱西，請問袁實恩為什麼成為您的首選？」凱西仍然自言自語著，「嗯，因為他符合我大部分的條件，而且笑起來很好看，雖然他是很少笑啦……。」

「好了，妳小聲一點，」袁實恩嘆了一口氣，「不要再玩了。」

「請問，您最不喜歡袁實恩的哪一點？」凱西緊緊抓著寫著題目的紙張，繼續念著：「……我不喜歡他的地方喔，嗯，我不喜歡他固執的個性，他有時候腦袋打結起來，就會很固執，有時候，固執到連讓自己幸福的能力都沒有了……。」

袁實恩伸手把題目紙搶過來，他捏著那張紙，不知該如何是好。

「好吧，換你問。」凱西說。

袁實恩低著頭，他看著手上的紙，低聲念著：「如果有機會的話，您是否考慮我們的其他產品？」

凱西抬起頭，倔強地看著袁實恩，她好像看透了眼前的這個男人，「我不考慮。」凱西說完，見袁實恩呆若木雞的表情，她又用堅定的口氣，再強調一次，「其他的，我都不考慮。」

袁實恩知道此時此刻，自己什麼都不該多說，他只能安靜地看著凱西，等待時間過去，而她的眼眶裡，有袁實恩的影子，和薄薄一層的眼淚。

這時講臺上傳來講師宏亮的聲音，「好啦，各位，討論結束，回到昨天的主題，我們討論過，工作不會愛你，只有人才會給你愛，大家還記得嗎？」

「記得。」凱西快速地用手背抹去淚水，她轉頭對著講師，大聲回應。

✢

鄭安然站在半透明的玻璃前，等待孩子的早療課程結束，小寶的語言能力有些進步，肢體動作方面還需要努力，最近，不知道是不是漸漸長大的關係，他出現了一些情緒問題，在家中不願意脫下鞋子，連洗澡都堅持穿著鞋。

老師走出來，向她說明目前的療程進度，過了一會兒，老師又開口：「今天上課前，小寶跟我說，爸爸媽媽要離婚……他還說，只要把眼淚偷偷塗在媽媽的袖子上，媽媽就不會走……。」

小寶走過來拉著鄭安然的衣角。

「如果需要幫忙，可以提出來，我們再討論。」

鄭安然抿著嘴點點頭，老師不再多說什麼，也跟著點點頭。

外頭的雨已足足下了三天，鄭安然抓著傘，替孩子穿上青蛙造型的淡綠色雨衣，她已下定決心，要提起精神來生活。

這也是為什麼，她正式離開原來的公司，接下了一個品牌公關公司的工作邀約，是朋友介紹的工作，形式以接案為主。儘管工時不短，薪水只有原來的三分之一，鄭安然還是願意做，她告訴公司，每週有兩個下午，她需要幾個小時帶孩子去上課，「等小孩睡著後，我可以加班，把該做的事情做完。」

「接案工作本來就是按件計酬，」公司主管說：「你能在時間內做完，沒有人會有意見。」

那個男主管偶爾會請鄭安然吃飯喝酒，酒醉了經常不懷好意，對此鄭安然也會逢場作戲，給足對方面子。鄭安然明白，從今以後，她並不只為自己而活。

車上，鄭安然替小寶扣上安全帶。

小寶突然問：「媽媽，妳跟爸爸和好，像熊爸爸跟熊媽媽那樣，好不好？」

熊爸爸跟熊媽媽是一本圖畫故事書，有著幸福快樂的結尾。

「你知道離婚是什麼意思嗎？」

小寶搖搖頭。

鄭安然低聲說：「爸爸跟媽媽和熊爸爸熊媽媽一樣，以後不會吵架，也不會生氣了，這樣好嗎？」

小寶點點頭，接著問：「是不是，小寶要有新的熊爸爸了？」

「誰跟你說的？」

「阿婆，阿婆說的。」

「阿婆說錯了。」

「那小寶，會有新的熊媽媽嗎？」

「也不會。」

「小寶想要跟原來的熊爸爸熊媽媽抱抱。」

「媽媽知道。」

「那媽媽答應嗎？」

「媽媽答應。」

鄭安然看著車窗外，夕陽下，臺北市的路燈緩緩亮起，像是另一排各自發光的小小太陽，隨著車的前進，閃著霓虹的招牌在一旁往後流動過去，小寶伸出自己的手，抓住她的手。

「媽媽，等一下可不可以抱我？我不要走路。」小寶要求。

「好，媽媽現在就先把你抱好。」鄭安然說。

第十四章　二〇一九年

二〇一九年的春天，法國發生了一場火災。一般來說，火災並不是多麼新奇的事件，但這場受到世界關注的無情大火，燒在巴黎聖母院，這棟佇立在歷史中的美麗建築，在眾人驚訝的目光與遺憾的嘆息中，燒毀傾頹。

法國總統馬克宏鄭重宣布重建巴黎聖母院的決心，然而巴黎聖母院的重建工程相當龐大，估計需要至少十億歐元，即使在經費充足的情況下，完整修復聖母院，預計將花費二十年或更長時間。

人們總是抱持著信心，相信美麗的事物，會在同心協力下，一切恢復如昔。

真的認真去想，袁實恩也不知道那一連串的相親式約會是怎麼來的，只隱約記得是從今年的年初開始，某天吃飯時，阿虎突然說：「晚上帶個我大學室友的前女友給你認識，人很溫柔，身材也不錯，基本上你是有點配不上人家的喔。」

接著袁實恩就開始了一連串的約會行程。

好幾個月，那些女生，林林總總，就像坐在一艘大船上，陸陸續續從貨櫃中被一一卸載下來，而袁實恩就像一個海關人員，拿著厚厚的驗關單，一項一項檢驗著商品，看不清楚標示的紙盒就拿起來搖一搖，有疑慮的品項就退回去，這樣比喻似乎不太好，可是在與那些對象見面時，袁實恩確實有那樣的感覺。

令他有點印象的，是叫做娜娜的女孩，她一頭波浪橘髮，表情冷淡，穿著細肩帶上衣，牛仔外套，跟一件南洋風情的長裙。

娜娜看到袁實恩便說：「我跟你一樣，不抱任何希望來的。」

袁實恩不知道該說什麼，只好禮貌地詢問：「那麼，我們繼續點餐嗎？」

娜娜點點頭，漫不經心地打開菜單，選了鮭魚沙拉跟氣泡水，就不再點其他的東西。袁實恩點了生火腿三明治，除了例行的自我介紹與過去的旅行經驗外，沒有太多有趣的話題，直到晚餐結束，兩人去地下停車場牽車時，娜娜突然將身體靠向他，抓住他的後頸，衝動地狂吻起來。

事後袁實恩只記得那個約會裡存在著強烈的反差，冷淡吃著粉色煙燻鮭魚的娜娜，跟瘋狂啃噬他人嘴唇的娜娜，住在同一副橘紅波浪鬈髮的身軀裡。幾個星期後，有次在電視上，一個穿著白袍的獸醫解釋狂犬病的發病過程，竟令袁實恩想起她。

另外有一組對象，袁實恩的記憶中是成雙的——她們的名字都叫做海倫，好海倫與壞海倫。

壞海倫，是在冬天的時候見面的，「不好意思，我不是很容易相信別人。」她說完這句話，便用正經嚴肅的眼神看著袁實恩。

「跟我見面之前，你去了哪些地方？」壞海倫的眼睛很大，每次約會，總是在袁實恩說話時，如調查員一般地搜索他臉上的線索，「你上次是這樣說的嗎？」「要不要再想清楚一點？」「你的表情不太對，你為什麼這麼緊張？」這幾句話，是壞海倫的口頭禪。

他們吃了三次晚餐，袁實恩用一種婉轉的方式，提出未來不再見面的想法，

「我最近會很忙，可能以後不能常出來跟妳吃飯。」

「就算是很晚的晚餐也不行嗎？我可以等。」

「也可能不行，我忙起來都不吃晚餐的。」

「我懂了。」壞海倫說：「你想清楚就好。」

後來連續一個月，辦公室總有署名給袁實恩的包裹，裡面裝的都是前一天吃剩的餐點。

而好海倫，是最近袁實恩的約會對象，據說也是阿虎的朋友的朋友，阿丹覺得她很漂亮。好海倫在銀行的客服部門工作，體型嬌小，個性體貼，笑起來有兩個梨渦，是最接近完美的一位。但幾次見面後，袁實恩仍然無法繼續下去，說不上來有任何特別的原因，可能是因為她的名字也叫做海倫的關係。

那一段時期，袁實恩腦中經常一片模糊，他不知道那幾個月，那些女生和無窮無盡的約會是怎麼來的，但他明確記得結束的時間點，那天，妹妹從香港打了一通電話來。

✢

檢察官在陳述案件時，說她和男友殺死了她的孩子，「該名幼童因早產造成腦傷，嚴重發展遲緩，生活需要旁人二十四小時日夜看護，令照顧者心力交瘁……。」

接著法庭中出現了幾張照片，以各種角度呈現孩子臉上與身上的傷，他的鼻孔流出大量鼻血，鎖骨與大腿骨斷裂。

「證據顯示兩人以重物將幼童的後腦敲碎，因腦部多重外傷而導致死亡。」檢察官說得氣憤，語氣越來越不滿，「原本一個從腦傷中努力站起來的孩子，幾年後又因腦傷而死。」他要求法庭從重量刑。

鄭安然坐在後排的椅子上，雙手抓得泛紅，站在前排的女性被告是她的朋友，死亡的孩子也是小寶的朋友，她記得孩子的名字裡有「藍」這個字，因為那孩子曾經說過，天空是藍的，海也是，都是他最喜歡的地方。「天空跟海都很美喔。」鄭安然對孩子說，他們是在感覺統合中心認識的，她都叫他小藍，小寶不願意脫鞋進教室時，小藍伸出腳，讓小寶看他的襪子，「我也不喜歡脫鞋，所以媽媽給我穿這個襪子。」上面畫著一雙鞋子的圖案，還有鞋帶。

小藍走了。

離開法院，鄭安然搭公車到市中心，距離孩子下課還有一些時間，她坐在附近的長椅上，喝一杯咖啡，好看的風衣裡面，是一套平價的運動服。在鄭安然的後方是一家女鞋店，陳列櫥窗裡的商品，是幾雙時髦的靴子，對映著她腳上破舊的球鞋。有個店員走過來發活動傳單給她，「今天有活動，第二雙半價，參考看看。」她說了聲謝謝，笑著收下，但沒有回頭看那些正在促銷的女鞋。

這一天的鄭安然很累，幾年來，離婚，離職，兼職，陪著孩子上課，那些看似毅然決然的決定，都不是那麼毅然決然。曾經她以為這些都只是暫時的決定，一旦過了關卡，挑戰成功，她就得以回去原來的人生，直到她終於看清其中的艱難，她是一根傍在窗邊的蠟燭，每點上一次火，就會迎上窗口的風。這世上，也有幾棵在春天長不出新葉子的樹，她不再對未來寄託任何期望，也不再奢望變得美麗、事業有成、獲得愛情、幸福無慮這類的事情，現實令她忘了過去年輕時，光亮熱鬧的世界。

那個世界無情拋棄了她，和許多像她一樣的，生出帶有缺陷孩子的媽媽。

鄭安然看了手腕上的錶，時間到了，她站起來，把喝完的咖啡和傳單，一同扔進垃圾桶。

✢

「媽有點怪怪的。」妹妹說。

「怎麼個怪法？」袁實恩問。

「那天她在打牌，我替她倒茶，她很客氣地把小費塞到我手上。」

「這麼有禮貌啊？」

「媽不認得我了。」電話線上的妹妹哽咽著：「我喊她來吃飯，她還問芳姨，我是不是新來的幫傭？」

袁實恩請了假，從上海搭飛機回到香港。

眼前是他的母親，她坐在垃圾桶旁邊，公園的長椅上。妹妹說，情況時好時壞，媽媽有時認得她，還會說些小時候的事，倒是這幾天，看到大哥，她幾乎完全不認得了。「怎麼會這麼快？」妹妹搖搖頭，說醫生安排了幾項檢查，「醫生說不一定是失智，也有可能是腦出血。但媽說她沒事，叫我們不要浪費力氣，她每天就打扮得好好的，在這裡坐上幾個小時。」

下午的陽光灑在母親的臉上，她兩手握著皮包的手把，頭向著左側微微仰著，看起來像個少女，正在等人。

「媽。」袁實恩走上前喊她，「媽。」

「坐啊。」母親拍拍她旁邊的座位，幾隻鴿子圍繞在她的腳邊。

袁實恩不確定地坐了下來，母親沒有特別的反應，他想握住母親的手，卻不知道這是否是一個好的舉動。

「再坐十分鐘，就要趕快回去煮飯了，你爸爸啊，每次天還沒黑就喊餓。」

「媽，爸爸已經不在了，妳忘了嗎？」袁實恩說。

「他早上趕時間出門，沒帶傘，要是淋雨，肯定頭痛。」

袁實恩不再多說，他望著公園前方的鞦韆，想著小時候的事。

「帶我去旅遊吧。」母親突然說。

「什麼？」

「不是說過好幾次，要出國去玩嗎？」

「妹妹說妳得去醫院檢查。」

「不去。」母親搖搖頭，她像個下定決心要參加考試的有志青年那般說話，「不去醫院，我要去旅遊。」

「好……。」袁實恩有些遲疑，「那我們全家一起去，找哥哥和妹妹都去。」

「讓他們留在家陪你爸爸。這次我只想跟你一起。」

「好。」

母親轉過頭來，她意味深長地看著袁實恩，感嘆什麼似地接著說，「看看你，這麼多年了，都是同一個樣子。」

「我長大了許多吧？」袁實恩摸摸自己的臉。

母親搖搖頭，伸出食指比劃他的心：「你這裡都是一樣。」

袁實恩點點頭，他不確定此時此刻母親將他看作什麼人。他抬頭看著站在遠處的妹妹，對她點點頭。

「有時候，你不懂人的心喔。」母親又似乎想起什麼，沒頭沒腦地說了這一句。

「我是不懂。」

「臺灣吧，就這麼說定了。」母親說，「我們去臺灣。」

✢

等到前往臺灣的旅遊真的成行時，袁實恩母親的狀況已經更不好了。

醫生看著電腦上斷層掃描的片子，說腦中有兩個血塊，推斷是幾次的中風累積而成，但也不排除其他的可能。此時母親經常認不得人，從上個月開始袁實恩對她來說，是旅行團的領隊先生。

「領隊先生，今天的行程是什麼呢？」母親問。

「是九份，我們要出發去九份老街，飲茶看燈籠。」

「喔，是嗎？」

「九份的階梯多，要穿好的運動鞋比較好。」

「知道了，準備好的運動鞋一雙。」母親乖順地點點頭，「特別謝謝你的提點啊，領隊先生。」

過去袁實恩並不是特別相信宿命的人，然而也會有些時候，他不得不相信命運要把他帶到特定的地方去。比如說這一天，在九份彎彎曲曲的街道上，當他牽著母親上階梯的時候，一抬頭，便遇見牽著孩子，正在下階梯的鄭安然。

四個人坐在擁擠的茶館中，袁實恩與鄭安然，以及一老一小，形成了奇妙的組合。

袁實恩的母親對著鄭安然，用著粵語相當熱絡地說：「我說多巧啊，出國繞一圈，在這裡都能遇到妳。」

鄭安然笑了笑，「上回在香港見了一次，還拿了您的衣服。」

「哪裡是見了一次？我都見妳從小長到大的。」

鄭安然一頭霧水，老母親伸出手摸了她的臉頰，高興地叫著：「文文啊，妳怎麼無聲無息地，一個人跑到臺灣來，又突然有孩子了？」

「嗯？」

「她不是文文。」袁實恩對著母親說。

「她就是文文！」老母親激動起來，她既疑惑又生氣地問：「這不是文文會是誰？嗯？妳是文文吧？」

「抱歉。」袁實恩露出歉然的表情，低聲向鄭安然說明，「她以為妳是我們鄰居家的小孩。」

「文文，妳姊姊呢？最近她也不知道跑到哪裡去了……。」老母親問。

「姊姊很好，晚點我跟她說，叫她有空去看看妳。」鄭安然微笑，那是一個非常美、帶著體諒的笑容，她轉開話題，問著：「好餓啊，喝茶不夠吧？我們來叫些點心好嗎？袁媽媽喜歡吃什麼？」

「都好都好，欸，妳別忙，讓領隊先生去張羅。」老母親對著袁實恩揮了揮手，袁實恩便順從地站起來，向服務生要了菜單。

窗外下起細細的雨，若有似無。

袁實恩瞇著眼睛看著在角落桌邊的鄭安然，想起母親年輕時，穿著長裙，一個人帶著三個年幼孩子，坐在一起飲茶的樣子，那模樣和鄭安然有點相似。

不久後，桌上擺上冒著熱氣的茶壺與四盤臺灣道地的小菜。

「文文啊，這幾年不見，妳過得幸福嗎？」

因為母親一直說著粵語的關係，袁實恩便跟在一旁翻譯著：「袁太太問妳過得幸福嗎？」

「我過得很幸福，謝謝關心。」

「奇怪，文文，妳現在怎麼都不說廣東話啦？」

「不知道為什麼退步了。」鄭安然調皮地眨著眼睛。

「但文文的普通話進步很多喔。」袁實恩強調。

「飛躍式的進步，我現在說話跟當地人都沒有差別了。」鄭安然笑出來。

「文文啊，妳怎麼一個人帶著孩子呢？沒見到妳先生一起來？」

「熊爸爸跟熊媽媽，沒有住在一起。」孩子突然開口回答，鄭安然摸摸他的手臂。

「先生他工作忙。」

「哎喲，跟妳姊姊一樣，是個大忙人吧？」老母親嘆了口氣，「唉，得空跟妳姊姊說啊，男人就罷了，女人工作成這樣不值得，都變成老小姐，像妳這樣，結婚了，有丈夫又有孩子，多好……。」

袁實恩小小聲地跟鄭安然解釋：「文文的姊姊是凱西。」

「啊，原來。」鄭安然理解地點點頭，她轉頭跟老母親說：「姊姊能力很強，喜歡工作，她很會賺錢喔。」

老母親突然神祕兮兮地抓著安然的手不放，她壓低聲音接著說：

「其實妳姊姊喜歡工作也好，唉，本來想說湊合她跟實恩一起過日子，結果不成……你還記得實恩哥哥吧？那孩子，從小就是個死心眼，好幾年過去，他除了工作，就中意那麼一個臺灣女孩子，也是妳姊姊公司的同事吧？聽說對方都結婚生子了，他還單戀人家……以為我看不出來，這世上哪有孩子瞞得過媽媽的……。」

✢

袁實恩想要多跟鄭安然相處些時間，卻不知道該怎麼開口，他結完帳，準備回到坐位時，看見一個男人站在那裡。是張向誠。

「你怎麼來了？」鄭安然緊張地問。

「安欣臨時有點事情，打電話要我來幫忙接小孩……你不是說今天傍晚有事，要安欣先來把孩子帶走嗎？」

鄭安然說不出話，接著張向誠看見了走過來的袁實恩，他牽了孩子的手，向對方做了一個軍人敬禮的動作。

✢

儘管天色漸漸暗了，老母親仍舊入迷地穿梭在各式各樣的紀念品店裡挑著禮物，袁實恩和鄭安然只好站在一旁等待。

「不好意思啊，我本來打了電話，讓安欣來接孩子回去午睡，想說你們來臺灣，我可以帶你跟袁媽媽去附近走走……沒想到……。」

「我也不好意思啊，讓妳坐在那裡，聽我媽媽講了那麼多話，現在又站在這邊，等貴婦逛街。」袁實恩回道。

「袁媽媽不記得我，把我認成別人了。」

「嗯。」

「為什麼呢？」

「她前陣子中風，腦子變得不太靈光。」

「喔。」鄭安然點點頭，安靜了一分鐘後，她說：「全都是廣東話喔。」

「啊？」

「你媽媽對我說的都是廣東話。」

「是啊，全都是廣東話。」

「她對你說國語，對我說廣東話。」

「因為妳是鄰居文文，我是臺灣領隊嘛。」

「凱西最近好嗎？」

袁實恩有些尷尬，他問：「我媽說的那些話，妳聽得懂？」

「少少的。」鄭安然笑了一下，她用粵語說著：「少少。」

伴隨著冷風，九份大紅的燈籠亮了起來，在昏黃光影搖動中，袁實恩轉頭看著鄭安然，他是怎麼一而再再而三地，讓她從自己身邊溜走的？

「我想起那時候，妳在香港住了三個月。」

「當初那個小嬰兒，跟一隻小貓一樣，現在都長那麼大了⋯⋯。」鄭安然對著空氣，比了比孩子的身高，感慨地說。

「是啊。」

「那時我還以為會失去他。」

「妳不會失去任何人的。」袁實恩淡淡說了這句話，意味深長。

如果這世界上有一臺機器，把所有人看見的，關於袁實恩與鄭安然的相處細節，都蒐集好放在一個資料夾裡，他們就會知道，他們屬於彼此。

可惜世界不能這樣運作，沒有人把自己看見的一一告訴他們，那些枝微末節四散在各處，他們也沒有辦法，只靠表面的幾句話，知道這件事情。

「熊爸爸跟熊媽媽？」過了一陣子，袁實恩開口問。

「冬眠以後就簽字離婚了。」鄭安然說。

袁實恩伸出手，要替鄭安然提背包，「妳揹得動嗎？」

鄭安然回：「還可以。」

她注視著袁實恩，袁實恩也注視著她。

「欸，領隊先生啊，」老母親站在櫃檯前面，用不標準的普通話，大聲喊著：「我怎麼沒帶錢包啊？」

「喔，我來幫妳付錢。」袁實恩走上前去。

「那怎麼行？」

「妳兒子把錢包寄放在我這裡。」

袁實恩拿出皮夾來，裝模作樣地展示給母親看，「喏，袁太太，妳看，他的錢包在我這。」

「那是你的錢包。」

「妳的兒子有交代，到了臺灣想買什麼，都可以盡量買。」袁實恩自顧自地說著。

「我哪個兒子說的？」

「實恩啊，袁實恩。」他把皮夾裡的身分證件抽出來給母親看，上面是他大學畢業的照片，「妳看。」

老母親看到兒子的照片，總算安心地笑了，「呦，真的是他的皮夾，你沒騙我，領隊先生。」

「我當然沒騙妳，妳自己想想，天底下哪個領隊會自己掏錢幫團員買東西呢？」

「我那個兒子特別好。」老母親滿意地表示。

「是啊，妳那個兒子特別好。」袁實恩露出與母親相似的笑容，附和著她。

第十五章　二〇二〇年

輪到四年一次的閏年，代表今年的二月有二十九天，一年有三百六十六天。

這一年，由一件國際突發公共衛生事件開始。全世界各地，受到新型冠狀病毒襲擊，遭遇了重大的改變，美國總統川普、英國首相強森和法國總統馬克宏都確診肺炎，全球經濟活動陷入停頓狀態，各國嚴格管制出入境，並要求民眾減少群聚活動，將人際交流降到最低。

根據報導，英語世界三大辭典的年度熱詞，都選中與疫情有關的相關詞，如封城、隔離、社交距離。

拿著茶杯在房子裡走動，袁實恩回頭看了身後，鄭安然正在廚房切水果，刀子咚咚咚地在砧板上發出細小敲擊的聲音。「他睡著啦？」鄭安然問。「睡了。」袁實恩回答。

咚咚咚，咚咚咚，袁實恩在那個安穩的節奏裡，放心地喝下一口茶，讓溫熱的感覺由上而下地流動進身體，這是真的，他在心裡對自己說，這些好的事情，像天空中的一群候鳥擺出陣型，漸漸地朝他想要的方向靠攏飛行。

✣

都是從一個容易的小事件開始的，接著慢慢累積。

十個月前，鄭安然到新加坡拜訪客戶，袁實恩剛好在當地進行企業訓練課程，當時疫情已漸漸傳播開來，病毒如飢餓的狼群，在草叢中目光炯炯、蓄勢待發，新加坡政府臨時發布新的防疫與隔離政策，他們便留在了那裡。

「妳回程的班機也取消了嗎？」在新加坡的機場大廳，袁實恩走到鄭安然的面前，正在打電腦的鄭安然抬起眼，看著他滿臉的鬍渣。

「你怎麼在這裡？」

「我都想問自己，我怎麼還在這裡？」

「你在機場等很久了嗎？」

「這是第三次來了。」袁實恩懊惱地表示，「今天，昨天，前天，我都來過，我是不是在這裡註冊上學好了？」

「看來我要搭到飛機的機率很低，」鄭安然闔上筆電，嘆了一口氣，她指指袁實恩說：「畢竟連領隊先生都被卡在機場，完全出不去了啊。」

✣

嚴峻的疫情中，袁實恩申請在臺灣負責的一個行銷項目，居然通過了，由於來回需要隔離的時間很長，公司便直接批准讓他待在臺灣三個月，處理當地的新品上市與通路活動。

那三個月是整整一個夏天，疫情如野火蔓延，鄭安然的孩子經常停課。

「連學校的游泳課都沒有了⋯⋯。」共進晚餐時，小寶向袁實恩抱怨。

「不上游泳課不好嗎？叔叔小時候好討厭游泳。」

「沒有老師教你怎麼游嗎？」

「就是有老師才最討厭啊。」

「哇，這麼多年過去了，」鄭安然忍不住笑了，「你又要提學游泳的事情。」

「我要聽，說給我聽。」孩子抓著袁實恩的手臂。

「我啊，小時候學游泳，有個體育老師好討厭，他又胖又凶，每次都用手臂用力夾住我的脖子，把我在水裡拖來拖去，我那時候才七歲。」

袁實恩誇張地模仿教練粗魯的模樣，露出厭惡的表情。

「實恩叔叔就是這樣學會游泳了嗎？」

「欸，不趕快學會不行啊，教練的腋下好臭，蛙式的時候被他夾著還可以忍耐，學仰式時我鼻子塞著他的腋毛，整個人都要昏過去了。」

✢

在臺灣的專案工作結束後，袁實恩回到上海，鄭安然下個月就跟著來了。她帶著孩子一起住在飯店裡，工作時，孩子就在一旁上遠距課程，下課後，鄭安然會打開影片，兩個人在陽臺，跟著電腦裡的螢幕，一起做體操。

以鄭安然的說法，那間飯店碰巧離袁實恩的住處不遠，出門在外有人可以一起吃飯，也是很好的事。有時候，孩子吃飽了，就在袁實恩家中的沙發上睡著了。

孩子占住了沙發，睡得香甜，袁實恩與鄭安然便坐在地上，像野餐似地吃著零食。

「週末你們還待在上海嗎？」袁實恩問，鄭安然點點頭。

「那麼，放假時，你們最喜歡做的事情是什麼？」

她歪著頭想，接著說：「玩撲克牌。」

袁實恩詫異：「玩一整天嗎？」

「不然怎麼辦？現在的情況，又不能隨便出門。」鄭安然說：「而且我很會玩牌，遊戲規則是贏的人可以吃一片洋芋片，上次我連續吃了兩大包，小寶為了這個還哭了。」

✢

週六晚上，鄭安然提議在家裡做飯。那是鄭安然第四次來上海，卻是第一次，在這個租來的房子裡，有女人在袁實恩的廚房做飯。

鄭安然說，在外面吃飯感覺好累，「這幾年我在餐廳吃夠了，現在不出門，也不吃虧。」

「而且餐廳裡不能玩撲克牌。」袁實恩補充。

「是啊，就是這個原因，給我帶來很大的困擾。」鄭安然正經地點點頭。

拉著年幼孩子的手，他們去了超級市場。

市場格外擁擠，人們懷著著急的心情，大把大把地將日用品搬到推車上，好像商品都是免費的。鄭安然走在前頭，她已經在網路上看好食譜，並且把需要購買的食材一項一項地抄寫在紙上，袁實恩在後頭跟著，覺得她的背影格外瘦弱。

她買了雞蛋，挑了絞肉、紅色的番茄、豆腐、洋蔥、白蘿蔔和紅蘿蔔，敵不過孩子的要求下，拿了巧克力牛奶與印製著卡通動物的燕麥片，在結帳櫃檯排隊時，她又突然回頭跑去抓了幾包洋芋片。

「這是搭配撲克牌的。」她說。

「那多買幾包，免得都被妳吃完。」袁實恩又抓了好幾個不同口味。

「冰淇淋，冰淇淋。」孩子指著角落的冰櫃吵著要買，鄭安然搖頭，但袁實恩牽著孩子過去抱了兩桶。

「剩下最後兩桶，不買的話感覺不吉利。」袁實恩辯解。

回到家時，天色已暗。袁實恩忙著把冰淇淋和牛奶放進冰箱，其餘的食材依序放在料理臺上，臺子太小，放不下所有的品項，鄭安然在廚房上上下下的櫃子中尋找做飯需要的器具，兩個人在廚房裡忙碌時，孩子將燕麥片倒得滿地。

「你有圍裙嗎？」鄭安然問。

「沒有……。」

「你有掃把嗎？」孩子問。

「也沒有。」

鄭安然試圖打開瓦斯爐，火點不著，似乎故障了，袁實恩試圖要修，搞得滿頭大汗也修不好。

「外賣要等五十分鐘。」袁實恩望著手機喪氣地說。

「耶，那我們吃冰淇淋當晚餐。」孩子打開冰箱門，向他們提議，他露出如成人般睿智的表情，「還好我們買了兩種口味，而且是家庭號喔。」

✢

小寶拿著故事書，要袁實恩念。

「剛吃飽飯，實恩叔叔累了啊，你先放下書，媽媽晚一點再念。」鄭安然說。

「只要一個故事就好。」小寶伸出一根食指，「一個故事不會很長。」

「我不累，可以念。」袁實恩接下故事書。

大嘴鳥和蚌的故事。

「有一天天氣很好，住在湖裡的蚌，跑到湖邊晒太陽，在暖暖的陽光下，蚌覺得好舒服，所以一不小心張開了大大的蚌殼……。」

「實恩叔叔，蚌是什麼？」

「就是在水裡生活，像蛤蜊一樣的動物。」

「喔。」

「突然間，一隻大嘴鳥悄悄地走了過來，牠想吃蚌的肉，用尖尖的嘴巴，啄了下去。」

「我媽媽也很喜歡吃蚌殼的肉。」小寶補充。

「我也喜歡。」

「那你們兩個可以去住在湖邊。」

袁實恩笑了，他繼續念著故事，「蚌萬萬沒有想到，只是晒個太陽也會碰到壞人，他馬上把蚌殼閉上，緊緊夾住了大嘴鳥的嘴巴。這時候，大嘴鳥生氣了，牠對著蚌說，你快張開蚌殼，不然我就咬住你的肉！」

「為什麼蚌把大嘴鳥的嘴巴夾住了，大嘴鳥還能說話呢？」

「可能就是嗚嗚嗚咿咿呀呀地說話。」袁實恩用手指把嘴捏起來，模仿大嘴鳥說話。

「喔。」

「蚌也很生氣地說，你這隻壞蛋鳥，我要夾住你，你就會站在這邊餓死的。大嘴鳥跟蚌誰也不讓誰，直到一個漁夫走過來，他一把抓住鳥跟蚌，一起帶走了。」

「漁夫會把他們怎麼樣？」小寶露出驚恐的臉，「他會吃掉牠們嗎？」

「漁夫不會怎麼樣，他是個好人，應該就是把蚌跟大嘴鳥兩個帶回家玩，一起過著快樂的日子。」袁實恩自行把故事做了快樂的結尾。

「像實恩叔叔有時候會帶我跟媽媽回家一樣嗎？」

「嗯，有一點像。」

✣

「這個是你的嗎？上回放在浴室的檯子上。」

「啊，原來在這，我找了好久。」

鄭安然拿起項鍊，收攏頭髮，玫瑰金的鍊條，串著小小一顆珍珠，乖順地躺回主人的鎖骨上。

「好看嗎？」

「很適合妳。」袁實恩點點頭。

「這是我積點換來的。」鄭安然露出得意的神情。

「積什麼點？」

「百貨公司消費，可以積點換珠寶。」

鄭安然說，那是她擁有過最貴的珠寶，袁實恩不相信。

「怎麼可能？以前男朋友沒有送過妳東西嗎？」

「就是沒有。」

「結婚的時候呢？」

鄭安然搖搖頭。

「那怎麼可以，我送妳一條。」

「欸，你不要以為我在暗示什麼喔。」鄭安然伸出手指指著袁實恩，「我不需要男人送我什麼，我自己慢慢累積，用積點換就可以。」

這件事袁實恩一直沒有明白過來，像鄭安然這樣的女人，聰明漂亮，絕對有足夠的本錢，得到男人昂貴的禮物，她是不想要？還是真的沒有人好好待過她？

回到臺灣後，鄭安然收到一個包裹，一個小小的絨布盒，裡面裝著一條帶有小珍珠點綴的手鍊，「今年公司中秋節抽到的獎品，給妳。」卡片上是袁實恩的筆跡。

隔週袁實恩收到一支功能複雜的電子手錶。

「這是我集點換購的，報答你。」

便利貼上鄭安然沒有署名，她畫了三個燦爛的笑臉，以及日本動畫片《貓的報恩》裡，一隻穿著灰色西裝戴著同款禮帽的貓男爵。

✣

拿著茶杯在房子裡走動，袁實恩回頭看了身後，鄭安然正在廚房切水果，刀子咚咚咚地在砧板上敲擊，聽來就似一顆顆果實掉到泥土上的聲音，這是第五次，還是第七次？她在他的房子裡。

吃完水果後，鄭安然從餐椅站起來，走到書櫃旁邊。

「你的書好多。」鄭安然說。

「最近是多了一些。」

「喔，你還留著高中的數學課本？」

「有時候無聊，會拿出來把題目寫一寫。」袁實恩露出尷尬的笑容。

「這題說不定我也會。」鄭安然翻開一頁，伸手拿了一枝筆。

袁實恩站在她身後，他從背後看著她解題，聞到她身上的香味，鄭安然喃喃自語地念著題目，陷入了思考，他因此鼓起勇氣，又靠近了一點。

我在做什麼？

袁實恩有事情想要問她，他想要跟她定下確定的未來，他想要聽她親口說好，他感覺自己就像站在兩棟摩天大樓中間的一條細鋼索上，沒有任何安全措施，風勢忽強忽弱。是不是在開口前該放一段柔和的音樂？還是先把燈光調暗一點？會不會說錯一句話，或是做錯一個動作，她就會如神燈精靈一樣，噗地一聲就消失不見？

鄭安然拿著書皺著眉頭，她移動了位置，咬著筆坐在書桌前面。

如果她對我是假裝的，那她也裝得太像了？

她不可能不愛我，不然她為什麼會在我的書房裡，拿我的筆，解著我的數學題？

袁實恩感覺到自己的慾望與害怕，同時燃起熊熊的烈火，在他的身體內部悶燒。

還是我應該要搞笑，先讓她笑，讓她開心？

為了讓自己的腦袋冷靜下來，袁實恩走出房間，他倒了一杯滿滿的水，打開冰箱抓了五顆冰塊，冰塊在他手中迅速融化成水滴。

「我在想……。」

「我也在想，快好了，你不要說話，不要告訴我答案。」

袁實恩等著她，幾分鐘後，鄭安然得意地拿著課本走了過來，上面寫著幾行算式。

「是不是這樣？」她在袁實恩接過課本時，用舌頭發出答答答的聲音，催促他解答。

「這是資優生的解法。」袁實恩回答。

就在鄭安然愉快地漾開笑容時，他立刻接了下一句，毫不相關的句子，「我聽樓下的管理員說，隔壁棟在租一個房子，比這裡大一些。」

「什麼？」

「有個大一點的地方……我在想，有時間的話，要不要過去看一下？」

「你想換大房子啊？」

「或許我們可以一起……一起住進去……。」袁實恩說這話的同時，看見鄭安然的臉上出現了疑惑的表情，他連忙解釋起來：「是這樣的，我一半的時間在香港，妳又常來上海工作，我想，我們是滿合適，一起租個房子分著住……。」

鄭安然沒有說話，袁實恩便緊張地把沉默的空白填補進去：「我見公司的其他同事也會這麼做，大家都是朋友，房子輪流使用，滿省錢……。那裡有兩個房間，有客廳，也有廚房，妳帶著孩子來比較方便，不用住飯店……。」

一連串的語無倫次中，袁實恩特別強調了「仿效其他同事的作法」、「輪流住」、「兩個房間」、「大家是朋友」、「目的是為了省錢」這幾個重點，想讓鄭安然放下心來。

鄭安然安靜地聽他說明。

「當然只是看一看……。」袁實恩說：「妳如果不想的話……。」

「一個房子大家分著住，是不是年輕人很流行的作法呢？」鄭安然問。

「是資優生的解法。」袁實恩回答，他想要自己看起來很隨興，卻感覺雙手都在冒汗。

「好啊，去看看吧。」這一次，鄭安然沒有讓袁實恩等太久，她露出微笑，他也跟著微笑。

「不過呢，」鄭安然用手指點點自己的太陽穴，象徵自己聰明過人，她說：「一定要先確定，那間廚房的瓦斯爐沒有壞掉，當場能煎蛋。」

第十六章　二〇二二年

肆虐全球的新冠肺炎疫情未見好轉，原訂於二〇二〇年舉行的東京奧運，延宕至二〇二一年的七月才正式開幕，儘管如此，此次奧運無視於時光的流動，依舊被固執地稱為「二〇二〇東京奧運」。開幕前，東京等地疫情仍持續升溫，導致爭議聲音不斷，東京奧運財務長森谷靖甚至因此驚傳跳軌自殺，各方說法與批評層出不窮，「貪婪」、「不知進退」、「燒錢過度」、「罔顧運動員性命」、「泡泡般的平行時空」，都為此次命運多舛的東奧，蒙上了塵埃。

訊息。

鄭安然：在忙嗎？

袁實恩：每天都忙，今天星期幾，中午吃了什麼，全都想不起來。

鄭安然：你是不是跟小寶說過，小時候你在學校撿了一隻狗？

袁實恩：對啊，他跟妳說了？

✢

校長室內，鄭安然與張向誠以家長的身分在椅子上坐著。

兩個小時前，他們的孩子離開課堂，坐在學校頂樓的牆邊，搖晃著雙腳，校方趕緊報警，動用三個警察、兩個老師，才將孩子安全抱了下來。

正午的陽光刺眼，在教師陪同下，小寶回去教室吃中飯。

校長說了很多，詳細逐字的對話，鄭安然已經無法記得，她只記得校方傳遞了幾個訊息——

「孩子個性安靜，不擅溝通。」

「因多種原因遭到幾位同學霸凌。」

「數次被推下樓梯。」

「學習落後，學習動機薄弱。」

「需請專業機構進行評估。」

「擅自離開教室的動機不明。」

「特殊孩童需要更多父母的關懷與陪伴。」

「雖然本校已竭盡全力支持，但孩子不適合本校環境。」

最後校長轉頭看著鄭安然，提出疑問：「聽說您的工作，需要經常出國是嗎？」

✢

走出校園，張向誠提議：「我車停在對面，要不要送妳？」

他的臉色不好，手錶也戴反了。

鄭安然搖搖頭，一時之間她不知道該去哪裡，只說：「不用了，我想走一走。」

「他說妳要結婚。」張向誠沒頭沒腦地接了一句話。

「小寶跟你說的？」

張向誠點點頭。

「我沒有要結婚。」鄭安然回答。

「但小寶說自己快要有新的爸爸了。」

「你覺得小寶是因為這樣才跑到頂樓去的？」

「他還說你們準備要搬家。」

鄭安然嘆了一口氣，在她觀察下，小寶跟袁實恩相處得不錯，之前也從未有兩人要結婚的討論，她不明白這一切所為何來。

中午的天氣很熱，學校路邊的麵店開始營業，從鍋爐冒出的一股熱氣撲在張向誠身上，他轉過頭看著鄭安然，似乎下定決心要把話說清楚。

「小寶在學校被欺負，妳知不知道為什麼？」張向誠問。

「他什麼都沒有說。」

「妳不知道的話可以問我，我完全知道為什麼。」張向誠提高了音量，把完全這兩個字說得又大又響。

「你完全知道為什麼？」

「因為他是笨蛋。」

「這是什麼意思？」

張向誠聲音提得更高，他站在路邊喊起來：「因為我們的兒子是笨蛋，妳還不明白嗎？一個又笨又沒有人關心的小孩，他媽媽有一半時間跟別的男人待在別的地方……這種笨蛋邊緣人，誰都可以拿他怎麼樣！」

「那你呢？你扮演什麼角色？」鄭安然對上張向誠的眼睛質問。

「妳把小孩帶來帶去，明天香港，後天上海，我能怎麼樣？我有角色嗎？」張向誠激動起來，彷彿跟世界宣告一般，他在馬路上大喊著：「我跟他一樣，也只是一個笨蛋……。」

「這是我的錯？你認為這是我的錯？」鄭安然雙眼圓睜，不敢置信地看著張向誠。

「我要讓小寶轉學。」張向誠直接下了結論。

「轉學？轉到哪裡去？事情有這麼簡單嗎？」

「全天下就妳鄭安然最不簡單。」張向誠說了重話，他不顧鄭安然眼眶充盈著淚水，大力搖著頭，繼續說下去：「就讓小寶跟著我，妳去談妳的跨國戀愛吧。」

鄭安然往後退了一步，「我要想一想，我先跟小寶談一談，我們冷靜一下。」

但張向誠絲毫沒有退讓的意思，他吼叫著：「妳他媽要想就趕快想，因為我們的兒子過著分秒必爭的人生，妳看不出來嗎？他除了被推下樓，就只能跳樓！」

幾個路人停下腳步，看著他們吵架，學校警衛聞聲靠了過來。

「先生，你們有什麼事情嗎？」

凝結的空氣中，壯碩的中年警衛站在兩人中間，張向誠這才稍稍冷靜下來，他脹紅著臉，好像受了莫大的委屈，一個人快步地往前走，低聲念著：「我還以為當時妳跟我分開，是想為了孩子好……。」

✢

那年她十二歲，父母擔心準備升上國中的鄭安然跟不上學業，找了一個數學家教來。

家教是個大學生，名字叫做熊匡宇。暑假開始，他會在每天午餐後，下午兩點準時來家裡替她上課。「可以叫我大熊。」他露出爽朗愉快的、年輕男孩子的標準笑容。

一開始，母親對這個大學生難免有些不放心，每次上課前，便要求鄭安然換上長袖上衣，運動長褲，「在老師面前，我們不穿裙子。」在課堂中，母親會坐在房間裡，在兩人的後方盯著，但幾次下來，熊匡宇只是一頁又一頁講解著參考書上的題型，那些無聊又深奧得沒有必要的數學公式，把母親推走了。

每次上課，熊匡宇總是揹著一個藍色的大包包，裡面有球具，有次鄭安然數學解得累了，他拿出一顆羽毛球，兩支球拍，一支給安然，一支拿在自己手中，兩人在小小的房間裡對打起來，受制於房間空間的關係，「要像煎鬆餅那樣打，輕輕的。」熊匡宇說。

鄭安然十三歲生日那天，熊匡宇一臉高興地表示，「原來我們生日那麼近。」他隔天就滿十九歲，「我跟同學明天要去慶生，就在妳家旁邊的保齡球館。」他說這句話時，搭配了一個滑稽的丟球姿勢，然後學火雞拍著翅膀尖叫。

第二天，鄭安然特別打扮了一番，編了藉口說要去文具行。她在一條條保齡球道找尋熊匡宇的身影，看見他和一群朋友正在櫃檯租鞋子，她便靠過去打招呼，「要不要一起玩一場？」熊匡宇讓她站上有不同尺碼的塑膠板上，替她租了一雙鞋，穿好鞋後，熊匡宇在一臺音樂播放機投幣，叫鄭安然挑選歌曲。

才玩不到五分鐘，鄭安然就扭到手，坐在一旁休息，熊匡宇從球袋裡拿出羽毛球拍，他們倆就隔著一張桌子的距離，打起羽球來。

電視正在轉播東京奧運的羽球比賽，鄭安然一個人看得呆呆的，想起了這段回憶。

奧運選手不會用煎鬆餅的方式打球。

保齡球場的那天過後，一直到熊匡宇決定出國念書前，什麼都沒有發生。他依然一週五天揹著羽球拍，來家裡教她數學，偶爾他會聊幾句自己發生的小事，那些細節都被鄭安然記在日記裡。

「我長大以後想要跟你在一起。」這句話鄭安然放在心裡，從未說出來，但熊匡宇的確點燃了一個少女對愛情的想像，她期望自己能跟心愛的人結婚，搬新家，生孩子，煮飯洗衣，她能想到的全都是甜蜜而光滑的，白色瓷器般的美好人生。

國中三年，鄭安然解了無數的數學題，有時她會考得很好，有時會故意考差，那一次次對於分數的拿捏，也只是想讓熊匡宇能繼續教下去，維持一個少女單戀的心情。

✢

「媽媽問你，在學校上課的時候，為什麼要自己跑到頂樓呢？」

在床邊，鄭安然摸著小寶的頭，用輕鬆溫和的語氣開口。

「因為我想要找看看有沒有狗。」

「找狗？」

小寶點點頭，他轉著天真無邪的眼珠，搔搔自己的頭，接著回答：「實恩叔叔有說過，他跟同學一起救過一隻狗，在頂樓，太陽很大，狗狗差點死掉，還好有他們。」

「他跟你說過這個？」

「下課的時候，我好像聽到有狗狗汪汪在叫，我就跑去樓上了。」小寶低下頭，「可惜沒有狗，我找了好久。」

「真的是這樣嗎？爸爸媽媽以為你去了頂樓，是因為心情不好。」

「媽媽，我可不可以養狗？」

「校長說，走樓梯的時候，有同學故意推你，害你跌倒，這是真的嗎？」

「他們只是在玩吧。」

「你跟媽媽說，在學校的時候，你有沒有心情不好？」

「沒有。」

「你是不是不想媽媽常常出國工作?還是你不喜歡實恩叔叔?」

「沒有。媽媽，我想養狗。」

「真的沒有心情不好?」

「爸爸來學校的時候，抱著我哭了，是他心情不好。」

「爸爸哭了?」

「對，爸爸哭了，一直到看見妳來，他才沒哭。」

✢

週末，張向誠開車來接孩子，趁著鄭安然在後座為小寶調整安全座椅時，他低聲向她道歉，「前天是我太激動。」

「媽媽說我們今天可以去寵物店看狗!」小寶一上車就等不及跟爸爸宣布他要養狗的心意，興奮之情溢於言表。

鄭安然跟張向誠交換了眼神，「不是馬上就要買，媽媽說是可以去看一看。」鄭安然補充。

「小狗那麼可愛，我們看了就會買。」小寶手舞足蹈。

張向誠轉過頭，看著鄭安然，在駕駛座的他伸長右手，打開前座的車門，「既然是媽媽的提議，不然就請媽媽跟我們一起去吧？」

鄭安然坐在車上，車子平穩前行，她已經許久沒有坐進這臺車裡，之前發生的事，就像一場夢。

張向誠心情似乎不錯，他一邊開車，一邊放著音樂，是他們一家三口都喜歡的歌曲。鄭安然注意到，張向誠顯然好好整理過這臺車，座椅不但乾淨，沒有食物的汙漬，後照鏡還掛了一個香氛袋。

想起新婚時，她工作結束就回家等著張向誠下班，他一回到家，她就問晚餐要吃什麼，有時候吃鍋燒麵，有時候吃麻辣燙，兩人吃完晚餐，就在附近散步，走累了再合吃一碗豆花。

後來他們沒再這麼做，是因為鄭安然總是有其他更重要的事，她抱著電腦工作，她抱著孩子入睡，也可能是因為張向誠總是心不在焉，醒著跟睡著的差異不大，在客廳打電動，在床上也是在打電動。

如今他們一家人又在同一臺車上。中間經過一個公園，有嶄新的遊樂設施，小寶吵著要進去，他們就一起下了車。鄭安然想著，或許她錯了，或許當時她應該更主動，天天拉著他去散步吃豆花，不知道是哪一天開始，他們便不再向對方提出要求，她曾經那麼愛他，他也是吧，但在婚姻裡，兩人過得動彈不得，就像捕鼠板上全身沾滿黏膠、卻背對背的兩隻老鼠。

「爸爸，你知道嗎？人類的ＤＮＡ，有百分之五十，跟香蕉是一樣的喔。」

「這樣啊？你是怎麼知道的？」

「書上說的啊，其實我們人類有一半跟香蕉都是一樣的。」

「他最近喜歡看這種知識小百科的書。」鄭安然笑著補充。

「不錯嘛，小寶已經認識字了啊？」

「都是實恩叔叔念給我聽的！」

車子開進隧道，陷入一片安靜。

張向誠沉著一張臉，鄭安然轉頭看向窗外。

「爸爸，」小寶接著問：「你覺得自己跟香蕉最像的地方在哪裡？」

「爸爸跟香蕉，最像的地方……。」張向誠關掉車上的音樂，他意味深長地看了鄭安然一眼。

「可能就是我們吃起來都很方便吧。」

✢

睡覺前，按照慣例，鄭安然讀著寓言故事給小寶聽。

「城市老鼠跟鄉下老鼠是好朋友，有一天城市老鼠來到鄉下，鄉下老鼠帶他去麥田，他說，我們這裡有很多麥子，愛吃多少吃多少。城市老鼠卻說，麥子多難吃啊，我住的地方有許多好吃的食物，你來城市玩吧。」

「因為好奇的關係，鄉下老鼠進了城，他們一起溜進了餐廳的廚房，有各式各樣的甜點、蛋糕跟水果，鄉下老鼠正準備大吃一頓，廚房的門打開了，兩隻老鼠就慌慌張張地躲了起來，過了一會兒，他們回到廚房去，可是當他們正在大吃特吃時，門外又出現了腳步聲，忽然一陣汪汪的狗叫聲傳了過來，鄉下老鼠再也受不了……。」

鄭安然低頭看著小寶，穿著企鵝睡衣的小小身體，已經睡著了。

關掉床邊的檯燈，鄭安然把書放回櫃子，走進浴室，她沾溼化妝棉，按壓著肌膚，卸掉白天的粉底與口紅，過程中她停下手，安靜了一陣子，將衣服一件不剩地脫下，瞇起眼睛，看著鏡子中裸露的女人。

剩下一半的眼線，暈開的唇膏，帶有紋路的脖子，鬆垮的乳房，腰腹間的贅肉，粗糙的大腿。隨著年齡增長，關於女人身上具備的條件，這幾年一步一步往下滑，成熟只是好聽的說法。

或許她一直沒有跟袁實恩發生進一步的關係，是這個原因。

洗手檯上與旁邊孩子的髒衣堆在一起的，一條脫線的蕾絲內褲，是昨天未洗的，中間小小的蝴蝶結，幾乎要脫落。鄭安然低下眼，試著用手指撫摸自己，從肚臍，胸口，到鎖骨，卻覺得空空垮垮，分不清是手指還是軀幹失去了感覺，彷彿在摸著一塊隔夜的，潮溼滲水的火腿加蛋三明治。

咬牙活了這麼多年後，是不是應該安於平淡的日子？有許多個夜晚，她都這樣問自己，她將浴櫃抽屜打開，裡面有個盒子，裝著細心收好的驗孕棒，兩條線，標註著二〇一三年，如火焰般的夏天，已經過去了。

鄭安然把浴室的燈關掉，獨自坐在地板上，黑暗中只留下手機的光在閃爍，一則袁實恩的訊息，一則張向誠的訊息，穿插著兩則生鮮超市傳來優惠券即將到期的通知。

變成這樣的一個女人，鄭安然感覺到前所未有的疲累。她讓訊息保留在未讀狀態，只打開了商品優惠活動通知。

舒肥嫩煎沙朗限時免運中，性感透膚絲襪特價四雙$399

剛剛讀的故事中，鄉下老鼠對城市老鼠說，謝謝款待，我想我還是回家，好好吃我的麥子吧。

第十七章　二〇二二年

重大事件發生後，新聞總是在問，發生了什麼事情？為什麼會這樣？

俄國與烏克蘭的嚴重衝突，導火線是什麼？

安倍晉三演講時遇刺，起因是什麼？

日本怎麼了，俄國怎麼了，中國怎麼看，美國怎麼說？

萬聖節的夜晚，南韓梨泰院發生恐怖踩踏事件，歡樂的節慶，戴上面具的人們，連好好吸一口氣都變得困難。

這些事件中，人類發現自身從未感覺到的黑暗面，或許活著的時候，沒有一刻能放鬆。

在歷史的洪流裡，我們都站在水裡面，而悄悄地那水已齊肩，稍有風波，就會淹至口鼻。

訊息。

鄭安然：你好嗎？

袁實恩：我很好。

鄭安然：我聽說了你母親的事，請節哀。

袁實恩：都處理好了。

鄭安然：我這陣子會留在臺灣。

袁實恩：好。

鄭安然：本來說好要一起租的房子怎麼辦呢？

袁實恩：我能處理，別擔心。

鄭安然：你要保重。

袁實恩：妳也是。

簽約新屋的那一天，鄭安然沒有出現。房東說需要立刻做決定，「還有別人在考慮，他們也是一個小家庭。」

兩個月後，袁實恩與九個碩大紙箱，從A棟大樓三樓，搬入C棟十七樓，他把新地址傳給鄭安然。

高樓的光線很好，入住之後的第一個清晨，袁實恩在床上醒來，新家還沒有窗簾，他躺在床的右側，床頭櫃上的時鐘，指著五點四十五分。

根據醫院的死亡證明，母親染疫過世，時間也是五點四十五分。

喪禮結束那天，妹妹交了一個盒子給袁實恩，「是媽媽收的。」她說。

回到家後，他打開盒子，盒子裡面有一些照片，他小時候的衣物，心愛的黃色毯子、書包、毛巾、手帕，上面都繡著他的小名，還有一本筆記本，壓在最下方，封面寫著，只有母親這麼叫他——小實。

「最近小實晚上常常哭，也不知道為什麼，坐起來就哭，我問他擔心什麼，他說擔心我死掉，我安慰他，他就要我抱著他，直到睡著也抓著我衣領，不肯放手。」

「其實我也擔心小實死掉，五歲時他在路口被車子撞到地上，撞到頭，是我放了手沒把他牽好，朋友還笑說，老大跟寶貝一樣，就是輪到生老二，父母鬆懈了，才會出這種事。小實似乎沒有五歲之前的回憶，應該跟這個車禍有關。」

「那天阿岳打電話來，說要和好，說不再喝酒了，要我回家，我心軟讓小實回去陪著，因為小實懂得看人臉色，不惹爸爸生氣，比較不會挨打。我讓他回去，他也不求留下來。晚上洗著小實的衣服，手竟然發抖起來，三個孩子只有他人不在身邊，好擔心啊，這樣做對嗎？」

「這幾天天冷了，腳變得很痛，走路不行，令我意識到自己變老了，好多事情，遠近分不太清楚，感覺就像一眨眼。早上醒來沒看見小實，懊惱著怎麼還把他放在阿岳那裡，今天一定要去學校將他接回來照顧，過了一會兒，才想起他已經長大了，三十多歲在上海工作了。」

「我常問自己是不是一個好媽媽，同樣的問題，我從來不敢問小實……這個兒子，是老天爺送來安慰我的，他沒恨我，想到這裡，我便感激。」

一頁接著一頁，都是母親的心情。

袁實恩打電話給妹妹問：「你們都有一盒媽媽留下的紀錄嗎？」

妹妹回答：「媽這個人好偏心，這個東西就你有。」

這一生，從他出生以來，袁實恩一直努力做一個不讓母親頭痛的孩子，這是第一次，他發現自己是讓母親心痛的那一個。

袁實恩跟妹妹只差一歲，小時候，他跟妹妹睡在同一個房間，直到小學六年級，母親說兩人長大了，應該分房睡。

「跟小實說好，今天開始他跟哥哥同個房間，床也布置好了，他沒有不高興，乖乖搬了自己的東西，我才放下心來。」

「沒想到半夜，發現小實一個人睡在客廳，連衣服書包都被丟在外面，他裹著棉被，說哥哥鎖了門不讓他進去，哥哥也想要有自己一個人的房間……。」

「今天去學校，導師提起跟同年紀的孩子比起來，小實的英文程度不夠，閱讀與寫作都落後，需要加強，當初為了讓他跟妹妹一起學習好有個伴，我晚了一年才讓他進兒童英文班，我耽誤了他，心裡好後悔。」

「小實啊，你是一個好孩子，希望你不要跟媽媽一樣，老是配合別人，看人臉色，但願有一天，媽媽能看到你活得更為自己一點……你的幸福也很重要，你明白這一點以後，情況就會變好，人生會越來越幸福的。」

✢

星期一，忙碌的上班日。

袁實恩一早打開電腦，收到一封公司人資的來信，「為確保公司主管的心理健康，您必須參與每年一次心理狀態評估，諮商過程為一個小時，談話內容會全程保密。」

午餐時，見袁實恩還在座位上，阿虎湊過來問：「喂，你去看心理諮商沒？」

「還沒。」

「你排什麼時候？」

「還沒排。」

「你應該要趕快去看啊，我都看完了，啊呀，我來幫你約好了。」

「急什麼？」

「欸，那個駐點諮商師超美的，我問過了喔，沒結婚沒有男朋友，趁她被別人追走前，你快去預約吧！」阿虎雙手合十，對著袁實恩鞠躬膜拜：「老兄你再禁慾下去，恐怕不是出家就是要在行銷部原地爆炸，這樣我會怕啦……。」

月了。

從上回在家中一起吃飯後，鄭安然消失在袁實恩的人生裡，已經一年三個

伴隨著緩緩亮起的天空，路燈跟著熄滅，昨夜的雨停了一陣，又回心轉意似地，再度下起來。袁實恩走到浴室，坐在馬桶上，早晨的陽光從浴室的小窗爬進來，一點一點地跟著雨的溼氣，一起滲進屋子裡。

第一個月，還有期待，他會為她找理由，會試圖體諒她的難處。

接著是第三個月，他讓自己忙工作，一閒下來，他就看手機，看窗外，看看她會不會出現。

第六個月，他懷疑事情從開始，便不像他以為的那樣。

第八個月，除了懷疑她，袁實恩更多的是懷疑自己。

之後的每個月，重複以上的過程。

一路走來，安然與實恩，他們經歷了這麼多事。

有時候袁實恩想，若是鄭安然與他的這些事情，都發生在一年之內，或許他們就會在波瀾壯闊的事件重疊中，理解命運的暗示，明白兩人是注定要在一起。

可惜這些事情，分成十七年慢慢發生，篇幅不長，有時是出差的一個晚上，有時是在醫院的一段時間，他們總是活在待解決的事項中，小心翼翼地拿捏著優先順序，用周全的腦袋去斟酌辦理，當事件告一段落，就會有人提著行李箱，坐上飛機，回到各自的原點。

那些點點滴滴的雨水，停了又下，下了又停，他們見面，他們分離，誰也想不起是哪一場雨，在哪一個時間點，代表了哪種意義。

十七分之十七，並不等於一。

家中沒有其他人的身影，除了袁實恩自己。

現在只剩我一個人。他想。本來獨身一人這件事，是過去幾十年人生的背景圖案，但他今天感到一種茫然，彷彿他弄丟了一樣重要的物品，就像高度近視患者遺失眼鏡，導致他必須在看不清楚的狀況下，去摸索能讓他看得清楚的東西在哪裡。

天完全亮了，袁實恩穿著睡衣從臥房走到客廳，走到廚房，走到原先預留給鄭安然與孩子的房間和浴室，木製櫃子裡沒有任何東西，一格一格的，像傍晚沙地上沒有人玩的井字遊戲。她的身影不見了，他預想的玄關鞋架上，沒有她的鞋子，掛在晒衣竿、孩子的衣服隨風飄逸的畫面，也不知不覺地消失無蹤。他越是用力去搜尋，越是連一點她的痕跡都找不到。

袁實恩套上一件外套，推開陽臺的門，走出去看看。社區中庭有簡單的遊樂設施，兩個孩子正在追逐著。也許事情不是他想的那樣糟，也許鄭安然遇到一些需要留在臺灣辦理的瑣事，一時間處理不順利，所以耽擱了。但這個房子對他而言太大了，空盪盪的房子裡，連一枝筆掉到地上都發出刺耳的聲音。

上午，把公司重要的事務完成後，袁實恩決定下午請假，他寫了一封信表示自己身體不太舒服，老闆對這個理由什麼也沒說，只簡短回了一句，保重。傍晚，他去了一趟超市，買了一些食材。他安慰自己，說不定鄭安然正在前往上海的路上，這樣的可能性也不是完全沒有，因此他做了簡單的小菜，放進冰箱中，接著他開始打掃，從客廳、廚房、臥室到廁所，他戴著手套一邊刷洗地板，整理衣物，一邊檢討自己是不是在某個時間點說錯了什麼話，或是哪個環節他提出了不合適的要求。

他想來想去，是她的家人出了什麼事？如果是，她為什麼不說？她是不是跟前夫復合了？他不該問她是不是要一起住，或許他操之過急？還是在鄭安然心中，他只是一個點頭之交？

什麼也沒發生，又好像什麼都發生了。鄭安然回臺灣後，他們依舊會通訊談話，只是某個曾經打開的東西，又封閉起來，變得密不透風，連原先開關在哪裡都找不到。

再做出更多假設，已經沒有任何意義。

✢

心理諮商室設立在辦公室的最角落，冷氣很強。

「關於工作的事，還有其他的部分想要談談嗎？」

「……沒有了。」

「下班之後，你都做些什麼事？」

「沒什麼特別的事情。」

「你的興趣是什麼？」

「可能就是工作吧。」

「起床後，就一路工作到睡著嗎？」

「有時候就算睡著，工作還可以繼續做呢。」

諮商師看著袁實恩，露出淺淺的、不算是笑容的表情。

「這樣的情形，你想要改善嗎？」

「有什麼需要改善的？大家都一樣啊。」袁實恩聳聳肩又搖搖頭，「在這家公司，不這樣工作個十年，我也沒辦法坐在妳面前，接受免費的主管諮商吧，哈哈，哈哈。」

「好吧。」諮商師點點頭，「我明白了。」

諮商師低下頭，寫了幾行字，接著再次發問。

「可以聊聊與你關係密切的家人，朋友或是夥伴嗎？」

「這個問題是問我有沒有老婆嗎？」

「類似老婆這樣，但不限於婚姻關係的、情感支持對象。」

「沒有。」

「曾經有過嗎？」

袁實恩抬起頭，看了一眼牆上的時鐘，諮商師直直地看著他，等待答案。

「如果你不想談這些，我們也可以談談別的。」

「曾經有過。」袁實恩回答。

「現在呢？」

「現在沒有了。」

「關於這個，你想多談一些嗎？」

「……她不在了。」關於鄭安然，袁實恩覺得多說一個字，都很艱難。

「發生了什麼事？」

袁實恩聳聳肩，沒說話。

「不告而別？」

袁實恩用細小的幅度，點點頭。

「你認為自己跟對方，是長期親密的關係嗎？」

袁實恩咬著下唇，冷氣口對著他的方向，冷風是透明的，他吸了下鼻子。

「我不知道，我們……像是活在一個假象裡。」

「你的意思是，關係一下很好，一下很壞，這樣嗎？其實這在兩人關係中，這是很常見的情形。」

「我們，比較接近，一下很真，一下很假……。」

就算是刻骨銘心，也可能是個假象。

上次見到鄭安然，就是一起去看房的日子，那天傍晚風很大，樓與樓之間，吹得小寶都站不直，袁實恩沉浸在從未有過的幸福感受中，笑得傻傻的，鄭安然突然說：「你看那些樹，就算長得那麼高，感覺還是很脆弱。」

他不知道要說什麼，便將小寶一把抱起。

誰能保證安穩的日子可以不脆弱？

他們過了一段很好的日子，祕密而甜美的日子，就像森林的深處，有間糖果做的小房屋。當時的袁實恩還不知道，不久後，他還是得放安然走。

像一臺除溼機，把眼淚收起來，放到下層的格子去，那個小格子關起來，關得緊緊的，滴水不漏。

「希望她回到你身邊嗎？」諮商師問。

「什麼？」

「你希望之前的那段關係，可以恢復成原來的樣子嗎？」

其實袁實恩想過的，各種方案，各種組合，沒有她，沒有他們，對誰的人生都比較順利，他真的想過的，他沒有那麼天真。

「這不由我來決定吧。」袁實恩看著自己的鞋面，他覺得這個問題建築在空氣中。

「如果你願意的話，」諮商師悠悠地說：「所有關於你的人際關係，都能由你決定。」

決定人際關係，我願意。聽起來好像某本心靈勵志暢銷書的書名。

袁實恩開始咳嗽，諮商師提出粗糙如石礫的建議，讓他體悟到前所未有的現實，自己的寂寞從未如此明顯，令人窒息。他想，該不會，這一切跟我以為的，從頭到尾都是不一樣的？

我是不是發明了一個巨大的謊言，欺騙自己可以擁有幸福快樂的人生？

「時間差不多了吧？嗯？我的心理健康還可以吧？」

把小格子關起來，關得緊緊的。今天到此為止，袁實恩不再回答問題，他站起來，不理會諮商師投射過來的眼光，把椅子靠好，抱著電腦走出去。

「怎麼樣？美不美？一見鍾情沒？」阿虎傳來訊息問。

袁實恩看著手機訊息，發現自己想不起諮商師的臉。

在諮商室隔壁的會議室等待開會時，電話響了，老闆因為上個會議延遲，請袁實恩等待三十分鐘。但辦公室的隔音並不好，十五分鐘後，袁實恩聽見諮商師與另一位同事的聲音。

同事說：「我今天在會議中沒有發言，明明有話卻不敢說出來，我真的好討厭自己是這麼軟弱的人，為什麼我這麼沒用呢……。」

諮商師以同樣的語氣，問了同樣的問題：「這樣的情形，你想要改善嗎？」

✣

我是不是發明了一個巨大的謊言，欺騙自己可以擁有幸福快樂的人生？

那個念頭跑出來後，就占據了袁實恩的思考，令他神志不清，記憶混亂。

回到家，袁實恩打開電腦，看見一個月前，張向誠標註了鄭安然，那張照片，是在一座陌生的公園裡，燦爛的陽光下，一座灰色的溜滑梯的前面，有張向誠，有他們兩人的孩子，父子緊緊抱在一起，下一張照片，是鄭安然坐在鞦韆上，小寶正在後方吹著泡泡。

袁實恩的腦子出現了雜音，滋滋滋地發出低頻的聲響，他懷疑，關於鄭安然的一切，從一開始都是幻覺，是他編造出來一個故事，為了解決他寂寞人生的情節——

那個穿著白洋裝，從更衣室跌出來的女孩，在花蓮的夜晚，他們騎著同一臺機車，坐在河堤上喝的飲料，北京飯店外枯黃的樹葉，當他說著孩提回憶時，鄭安然的笑容。

即使是單身，他們沒有在一起，連分開的時候，日子也是無聲無息。鄭安然在臺灣的婚禮，袁實恩沒有出席。鄭安然懷孕的消息，袁實恩也是從同事的口中得知。

他們莫名其妙地，在香港一起生了個孩子。然後呢？後面陸續發生的事情，有多少證據？

醫院大廳的地板上，沾滿大量流出的血漬，小兒加護病房外，因害怕而流下的眼淚，幾年過後，張向誠真的牽著孩子來公司樓下與他對質了？鄭安然曾經在廚房做飯給他吃嗎？

從廚房傳來的，那切水果規律的刀起刀落，發出咚咚咚，咚咚咚的聲音，漸近又漸遠。袁實恩的後頸燙得不可思議，一股熱氣從背後竄出，一直竄到他顫抖的手指，回憶是不可靠的，不能細看檢查，所有鄭安然來過的證明，客觀上不存在，只留在他一個人的腦袋裡。他不停翻找著社群平臺上的照片，一張又一張，一年又一年，鄭安然過去的人生中，他算得上誰？他人在哪裡？

天色暗了，熱氣消散後，袁實恩開始頭痛欲裂，四肢寒冷，他口中含著體溫計，三十八度半，新冠肺炎自行篩檢陰性。

突然，袁實恩彷彿想到了什麼，他拖起不舒服的身體，在客廳裡，瘋狂地徒手撕開一個又一個的紙箱。一張照片都沒有，他跟鄭安然，他與安然的孩子，一張可以拿出來證實的照片都沒有，這個嶄新閃亮的房子裡，裝著舊物的箱子中，鄭安然曾經寫過一張紙條嗎？小寶畫過一張圖嗎？母子二人有留下任何一隻襪子嗎？為什麼他找不到那本數學課本？鄭安然在上面寫的算式在哪裡？會不會那個白洋裝的女孩，只是在流星劃過時他許下的一個心願，終究不是真實的人生？

家中所有的東西，只是整齊排列疊放在一起，客廳中的馬克杯，一共有六個，三個灰色，三個黑色。衣櫥裡上排是白色的襯衫，下排是藍色的褲子。

這裡除了自己沒有別人。

袁實恩感到一陣前所未有的恐慌，他發現最大的問題是，他愛上了一個沒有任何實證的，虛構而空心的故事。他以為鄭安然某年某月從他的身邊消失了，那是他的劇本。

也有極大的可能，是鄭安然從來沒有以他希望的方式出現過。

✢

睜開眼，閉起來。

睜開眼，閉起來。

你在嗎？

誰？

是我。

別再來了。

你是不是病了？

我想吐。

快坐起來。

不要。

你怎麼了？

走開。

開門啊。

請走開。

嘴巴閉起來。

眼睛閉起來。

閉起來。

「小實啊，你是一個好孩子，你的幸福也很重要……。」

幾天後，袁實恩從床上醒過來，究竟昏睡了多久，他並不清楚。但醒過來後，他明確地認知到，這麼多年過去，自己不能比現在更清醒了，他再也無法回到那個幸福且光明的人生，因為那不過是持續了多年的幻影。

幻影。

天色黑得像墨，體溫四十度，袁實恩感到一陣天旋地轉。他有預感，這次的黑暗，會持續很長一段時間。

說不定是永遠。

✣

秋天過去，冬天就快來了，解封後的上海變化不大，落葉一片一片地離開，枝頭光禿禿的樹木看起來就像脆弱易折的、難民小孩的骨架子。

「好啦，這是最後一箱。」阿虎把用封箱膠帶把紙箱封好，一屁股坐在包了透明塑膠膜的沙發裡，沙發凹陷時，發出一聲噗滋的聲音。

「謝謝你。」

「唉，搬回去原來的套房也好，這間房子大歸大，但是有穿堂煞，可能是這樣，你才病的。」

「可能是。」袁實恩雙手交叉抱在胸前，看著屋外的夕陽，他瘦了很多，白色的襯衫顯得寬鬆，「這幾年，這個房子，好不真實，像在做夢。」

「是美夢嗎？」

「可能是太美的夢，才能做了這麼久。」

「哇，你詩人啊？」阿虎用試圖用腳踢了一下在一旁站著的袁實恩，被他躲開了。

「疫情期間就是這樣啦，迷迷糊糊的。」沙發上的阿虎由坐變躺，他把手枕在頭下，淡淡地說：「不過我以前也有過日子像做夢的感覺，一個人掉到美好的幻想，卡在裡面，類似那樣的狀況。」

「是嗎？」

「哈，十幾歲時，放假跟姊姊一起看言情小說，看了有沒有兩百本，我幻想自己是總裁，有清純的美女搶著愛我，我姊更誇張，那時還用自己的名字當女主角寫小說呢，不知不覺就這樣長大囉。」

「我都四十歲了。」

「我都要五十啦。」阿虎站到窗邊，拍拍袁實恩的肩膀，「過去的事情就過去吧，男人嘛，明天又是一條好漢。」

窗外的路燈一整排瞬間亮了起來。

「好啦，我們這兩條好漢晚上吃什麼？我去買。」

「吃什麼都好。」

「不如把阿丹也叫來，今晚是最後一晚，我請客，請大家吃名店烤鴨。」阿虎拿起外套，搖搖擺擺地走出門。

當作最後一次，袁實恩在屋內慢慢地行走，櫃子上擺著十多個使用過的快篩試劑，他像孩子抓糖果那般，一把握起，丟進垃圾袋中。

✣

他還是經常想起她。

那麼多年過去，一切都還是如昨日一般栩栩如生。安然與實恩，實恩與安然，他們的共同點，是在同一年出生，又在同一年，甄選進了同一家公司。雖然分隔兩地，但因為種種原因，他們每年會見上幾面。他們並不朝夕相處，可是總有認識很久的感受。

迎新會上，鄭安然的白洋裝。雪梨動物園，他們像兩黨政治人物，在辯論會開始前那樣，一左一右地站立，與無尾熊合照。他們的感情觀不同，對袁實恩來說，愛情是醞釀，對鄭安然來說，是執行。在墜入情網之前，袁實恩需要架設一個安全網，他習慣反覆檢查。而鄭安然只有在出錯的時候，才走向他。

鄭安然第一次說起自己離婚的事，她帶著防衛的笑容說：「我要自立自強，從頭開始。」

九份紀念品店的門外，鄭安然向袁實恩開口：「我不想再猜你對我是真是假，是多是少，我也不想要再期待你何時會來，傷心你何時要走。」

當時袁實恩很驚訝，他沒想過鄭安然會說出這些，他想對她說，我們別再分開了。但袁實恩保持沉默，他想著自己得找一個合適的時機說，他對她的感情是平靜而深邃的，像是一座霧氣濃重的森林，在幸福快樂之前，他想要等，等房子造好，等時機恰巧。只是等到後來，竟變成一個語焉不詳的結局。

世上的遺憾，看多了也就習慣了。十七年的累積，從二十四歲到四十歲的兩個人，在人生競賽裡的他們，認識了很久，有過無數的機會，微笑，問候，打開簡報，喝一杯水，接在會議後面，禮貌的一頓飯。

或許鄭安然不知道，在有限的人生裡，袁實恩已經決定愛著她一路到終點，他也掙扎過，做了一些背道而馳的事，但每天早上醒來，又走回原點，早起想她的日子變成一種習慣，她知不知情，能不能回報，漸漸也變得不那麼重要。

有個兒童心理學家提出理論，叫做蘭花與蒲公英。有些人，就如同蘭花，對外在刺激的反應非常劇烈，好的時候非常好，差的時候非常差；另外一些人是蒲公英，即使四周環境不良，他們依舊能夠活下去。

袁實恩與鄭安然的愛情沒有成功，或許跟十多年的商業場域養成有關。他們各自攀爬，也各自都想了很多——他們的開頭是人生勝利組，公司的重點培訓人才，私下的人生選擇，無可避免地變得聰明世故，除了對方，兩人都還想要條件具備，贏者可以全拿。在所有設定都以他們會幸福快樂的前提下，他們當了很久的朋友。

鄭安然是極度敏感的蘭花，袁實恩是堅強存活的蒲公英。有時候是反過來的。

袁實恩想起，與鄭安然一同看這個房子的那一天，鄭安然問：「能不能讓我們待在這裡一陣子呢？」

當然可以，房仲同意，他說：「我去買包菸，你們慢慢看，看好了再打電話給我吧。」

他們盤腿坐在空無一物的客廳地板上。

鄭安然抬起頭望了望天花板，她說：「或許將來，我們可以在這個房子一起變老。除非……。」

袁實恩說：「除非我得了癌症，我不想妳照顧我。」

她笑了，笑得非常激動，連肩膀都在抖。

他問：「妳笑什麼？」

鄭安然笑得連眼眶都是淚，她說：「我原本想說，我們可以在一起，除非郭富城決定要娶我。」

他也笑了。

袁實恩點點頭附和：「我們可以在一起，除非郭富城要娶妳。這個設定比較好，對我比較有利。」

鄭安然站起來，走到廚房流理臺，又坐回客廳的地板。

她用微小的聲音，對著袁實恩說：「你也不要覺得郭富城完全不可能喔。」

袁實恩回：「我也不想得癌症的。」

她把頭靠在他的肩膀上，然後閉上眼睛。

✢

雜亂的思緒一層疊著一層，突然，袁實恩聽見電鈴聲。

「袁先生，您有訪客。」一樓的保全人員說。

「請讓他上來。」

把燈打亮，繞過紙箱，打開門。袁實恩告訴自己，人生即將從傷感階段邁入烤鴨階段。

電梯到達十七樓，銀色的門緩緩打開，預想中的名店烤鴨沒來。

愛情需要一個不顧一切的男人，跟一個沒想清楚的女人，有的時候是反過來的。

站在門外的是她。

這麼多年過去，她依然喜歡白色的洋裝。

安然與實恩

作　　者：葉　揚
責任編輯：孫中文、劉子菁
協力編輯：林　芝
責任企劃：藍偉貞、劉凱瑛
整合行銷：黃鐘獻
副總編輯：陳信宏、林毓瑜
總 編 輯：董成瑜
發 行 人：裴　偉

封面設計：FE 設計
內頁排版：宸遠彩藝工作室

出　　版：鏡文學股份有限公司
114066 臺北市內湖區堤頂大道一段 365 號 7 樓
電　　話：02-6633-3500
傳　　真：02-6633-3544
讀者服務信箱：MF.Publication@mirrorfiction.com

總 經 銷：大和書報圖書股份有限公司
248020 新北市新莊區五工五路 2 號
電　　話：02-8990-2588
傳　　真：02-2299-7900

印　　刷：漾格科技股份有限公司
出版日期：2023 年 1 月　初版一刷
2023 年 1 月　初版二刷
I S B N：978-626-7229-05-7
定　　價：420 元

國家圖書館出版品預行編目 (CIP) 資料

安然與實恩/葉揚著. -- 初版. -- 臺北市：
鏡文學股份有限公司, 2023.01
面；14.8×21 公分 . -- (鏡小說；64)
ISBN 978-626-7229-05-7(平裝)

863.57　　111019763